# JUNO

Laia Aguilar

# JUNO

fanbooks

Fanbooks


Fanbooks, Av. Diagonal, 662-664, 08034 Barcelona
www.fanbooks.cat

Drets cedits mitjançant acord amb International Editors' Co.

Primera edició: novembre del 2018
Tercera edició: juny del 2019
ISBN: 978-84-17515-12-6
Dipòsit legal: B. 21.820-2018
Fotocomposició: Realització Planeta
Imprès a Catalunya

# JUNO

Soc «Diana» disparant fletxes, una lloba d'alta muntanya, una heroïna de còmic, una Amazona lluitant contra un monstre afamat... Qualsevol d'aquests personatges em ve a la punta de la llengua si intento definir una mica com soc. Un cop m'ho va preguntar una especialista. «Com ets, Juno? Com et descriuries a tu mateixa?». Quan vaig veure la dona amb el fil de bava que li queia de la comissura dels llavis, vaig estar a punt d'aixecar-me i anar-me'n. Però no. Vaig aguantar. Com acostumo a fer cada vegada que em porten a un especialista i em demanen amb un posat condescendent: «Explica'ns la teva història, Juno. Tens una història molt interessant. Endavant». Doncs bé, la meva història és exactament aquesta: de pare, no en tinc —absent, ni ganes—, de germans, ni un —i mira que m'hauria agradat barallar-me de tant en tant amb algun germà petit—, la mare és a la presó per haver-se carregat un tio i jo... jo passo la vida entre les quatre parets d'un centre d'acollida on mai, mai, mai hi ha res a fer excepte comptar les mosques i les rajoles del menjador. Sempre ha estat així? No! Durant un temps, quan suposo que encara no em consideraven un cas perdut, els del centre van intentar buscar-me una família d'acollida. Doncs bé, la família idíl·lica amb gos, gat, tres fills i àvia va acabar farta de mi i em va retornar abans de la data prevista. «Aquesta nena és una mal educada», vaig sentir que deien. I encara van afegir: «Ningú li ha ensenyat a comportar-se millor?». Però encara n'hi va haver un altre, d'acolliment. Desastrós. Aquesta vegada es tractava d'una parella estèril, que, per descomptat, desitjaven la filleta rossa, amb els ulls blaus i l'uniforme d'escola de monges. Doncs bé, la parelleta en qüestió també em va retornar abans de la data prevista amb una bossa d'escombraries ben grossa on van ficar totes les meves pertinences. «Us vinc a tornar això», va dir la dona. I quan va dir «això» no sabia si es referia a la bossa d'escombraries o a mi. O a totes dues coses. I em sembla que abans de marxar, també va afegir: «Si continua per aquest camí, la nena aquesta acabarà molt malament». I jo vaig pensar: com voleu que acabi malament si la vida m'ha tractat sempre tan bé? Si quan vaig néixer tots els astres es van conjurar per oferir-me una vida plena? En fi! Quan sento aquestes paraules el que faig és posar-me a dibuixar, i ja està. Parèntesi llarg. Pam. Desconnexió. Obro el bloc de notes, agafo el carbonet que tinc a mà i començo a fer gargots per evadir-me de la realitat.

Atenció! Veig que s'obre la porta de l'habitació i entra l'educadora Paula.

—Hola, Juno, com estàs? —em pregunta.

—Bé, meravellosament bé...

—Escolta, hi ha novetats per a tu.

Una altra família d'acollida? No, sisplau...

—L'any que ve aniràs a una nova escola. Es tracta

d'una escola de prestigi, Juno, molt bona. Fan un programa de reinserció social i agafen nanos amb dificultats...

—O sigui, que seré una conilleta d'Índies.

—No t'ho prenguis així. És una oportunitat.

Oportunitat, oportunitat, no suporto aquesta paraula vomitada per la boca d'un adult.

—Escolta, Juno, l'escola és fantàstica i estan disposats que hi vagis a estudiar durant tot un any. Podràs fer noves amistats.

Digues a aquesta colla de *pijos* que, si volen, que experimentin amb un refugiat. O amb un negre. O amb un deficient mental.

—Prou, Juno, no diguis bestieses.

—Saps que la meva mare aviat sortirà de la presó?

Obre la porta fent un esbufec llarg i em demana que, sisplau, m'ho pensi. «Pensa-t'ho, Juno. Reflexiona sobre el que et dic. Pot ser una oportunitat. No refusis les oportunitats».

Llavors agafo un llapis i començo a dibuixar amb ràbia. Faig un túnel subterrani que em comunica fins a una cel·la de la presó. És estreta, amb una esquerda a la paret, una bombeta que fa pampallugues. Al fons de la cel·la, una dona em saluda amb la mà. «Aviat estarem juntes, filla. Tingues paciència. Aviat...».

Soc al vestíbul d'una escola àmplia i lluminosa. La Paula és al meu costat i no para de mirar el rellotge. A continuació s'apropa el senyor que suposadament estem esperant: el director de l'escola. Ha! Es tracta d'un home d'uns cinquanta anys, completament calb, vestit amb americana i corbata —roba de marca, sens dubte— i unes vambes d'un color verd intens. M'encanten els *pijos* que s'esforcen per no semblar *pijos* i que a sobre se les donen d'un cert aire d'intel·lectualitat. Aquests són els millors. Els *pijos* camuflats, que en dic jo. Si la mama el veiés, segur que es faria un fart de riure i entre totes dues l'imitaríem fent gestos estranys. M'imagino la casa on deu viure i on deu organitzar festasses fins a les tantes de la matinada. Jardí, piscina, jacuzzi, assistentes equatorianes... Parlant d'equatorianes, aquí al centre d'acollida n'han passat unes quantes que segur que li haurien anat la mar de bé, per servir el caviar.

Se m'apropa i intenta fer-me dos petons. No deixo que em toqui. No suporto els homes paternals que em tracten com si fos una figureta fràgil.

—Hola, Juno. Tens un nom molt bonic.

Ja ho veig: mascle dominant. Els oloro a quilòmetres de distància, els mascles dominants. Quan sento que se m'apropen i intenten adular-me, ganivetada! Quan em tiren al damunt el seu alè fastigós, ganivetada! Quan creuen que em poden mirar per sobre de l'espatlla pel fet de ser una noia, ganivetada!

—Vinc a donar-te la benvinguda a la nostra escola, Juno. Em dic Alfons Garrí.

—Garrí?

—Val, pots fer broma, si vols. Ja hi estic acostumat.

Em tronxo de riure amb el mascle dominant. Quan l'hi expliqui a la mama...

—Com et deia, vinc a donar-te la benvinguda. Espero que et sentis molt a gust a la nostra escola.

—Gràcies.

—Vull explicar-te que fins ara hem tractat alumnes amb... —està a punt de dir «dificultats»—, bé, és igual, tot tipus d'alumnes, i hem obtingut resultats molt satisfactoris.

—Doncs jo trencaré l'estadística —li responc.

—No, no ho crec —assegura—. Estic convençut que tard o d'hora t'alegraràs d'haver passat pel nostre centre. L'experiència fins ara ha estat molt bona.

Experiència. Sona a experiment, a camp de proves, a «dono un medicament a un ratolí a veure si la dinya».

—Et vull ensenyar les instal·lacions, Juno. Encara que no hi hagi ningú... Crec que pot ser una bona oportunitat per conèixer l'escola més tranquil·lament.

Pugem a la segona planta i començo a al·lucinar. Es tracta d'una escola moderna (hi ha calés, aquí), amb vitralls pertot arreu, equipaments d'última generació i sales plenes d'ordinadors. La tercera planta és encara més bèstia. Una aula enorme de química amb tot d'esquelets i fórmules especials. Veig un fetus en un pot i faig marxa enrere. Odio la sang. La quarta planta, tocant al terrat, té una cafeteria immensa i una sala de relaxació plena de matalassos i coixins. La Paula li pregunta de què va això de la relaxació i ens diu que els nanos d'avui estan massa excitats. «Els adolescents s'han de relaxar i la meditació els ajuda». Em tronxo de riure. A la planta baixa hi ha un petit teatre amb un *backstage* ple de disfresses i decorats. Però el millor de tot no és el teatret, ni l'aula de química, ni la sala de relaxació amb coixins... No, el millor de tot és el pati amb cistelles de bàsquet, al costat d'un camp de futbol immens, al costat d'una pista d'atletisme, al costat d'una gran piscina climatitzada i presidida per un trampolí al·lucinant. Uaaauuu... Només veure l'aigua ja començo a suar.

Aleshores faig una passa enrere, agafo embranzida i...

—Juno, sisplau! —crida la Paula.

Salto a l'aigua fent bomba. Sempre ho he desitjat. Una piscina per estirar-me i fer el mort.

—He, he, no passa res. És una nana molt divertida, molt ocurrent... —diu el Garrí, rebolcant-se de ple en el seu femer.

Entro a la sala que fa olor de lleixiu i avanço fins a una taula. Me la sé de memòria, aquesta sala de la presó. Té una esquerda en forma de drac a la paret i a la taula sempre hi falta un tros de pota. Un dia li vaig dir a la mama que hauríem de canviar de taula i asseure'ns en un lloc millor. M'era complicat, això de parlar amb ella sabent que la taula es bellugaria cada dos per tres. Però ella em va dir: «Ja hi estic acostumada, Juno, quedem-nos aquí». I des de llavors, cada vegada que vinc porto un paper plegat per ficar-lo sota la pota i així poder conversar millor.

Avui, la mare que travessa la porta té un aspecte diferent. Porta els cabells esborrifats i tota ella desprèn olor de sabó i de crema hidratant d'àloe vera.

S'asseu davant meu —uniforme horrible, somriure tort— i m'observa amb els seus ulls de color tronc d'arbre.

—Filla, cada dia et veig més gran.

—Tu també estàs guapa, mama.

—Explica'm coses, digue'm... què fas?

—Res... res especial.

—Ja estudies?

—Pse... no. No gaire.

—Has d'estudiar, filla. Recorda que si més endavant vols fer alguna cosa de profit...

—M'han acceptat en una escola de casa bona de Barcelona, mama.

—Això és una bona notícia.

—No, no ho és. Si sabessis com és l'escola... Hi vaig anar l'altre dia i et puc assegurar que els sobra la pasta pertot arreu.

—Aprofita per aprendre tot el que puguis.

—Em vaig tirar a la piscina davant del director...

—Això vas fer? No... Mira que se t'acut cada cosa... No sé pas a qui t'assembles.

Veig que se li escapa el riure per sota el nas. M'encanten aquests moments de complicitat. La mare i jo. Sense interrupcions. N'he tingut tan pocs, d'aquests moments, a la vida...

—Em fa mandra conèixer gent que em mirarà per sobre de l'espatlla.

—A tu, que ningú et faci sentir malament, em sents? Ets la Juno. La noia més collonuda que hi ha sota la capa del cel. Ets meravellosa, filla...

Em quedo bloquejada. Nus a la gola. Com si tingués un os de pollastre cantellut encallat al coll.

—Au, filla, no te m'estovis, ara.

—És que no sé si hi vull anar...

—Tu, filla..., has d'estudiar i tirar endavant. T'ho dic sempre. Qui es cuidarà de mi quan jo sigui velleta i...?

—Jo, mama, jo. —Se'm trenca la veu.

—Doncs això, filla. A tirar endavant. Estic segura que arribaràs lluny. Tu pots!

El nus a la gola cada cop es fa més gros. Veig la mare somriure. Cercles al voltant dels ulls.

—Escolta, Juno, tinc bones notícies.

Alço el cap esperançada.

—He parlat amb un guàrdia d'aquí. Un col·lega, ja saps. Un de fiar...

No sé on vol anar a parar.

—M'han dit que és possible que m'escurcin la pena per bon comportament.

—Com? —Sento una fiblada d'alegria.

—Sí, potser d'aquí a uns quants mesos ja seré al carrer.

El nus a la gola es desfà. Una llàgrima se m'encalla al coll. Però no puc. No puc plorar.

—Va, que estarem juntes. I podrem complir la nostra promesa... Te'n recordes, de la nostra promesa, filla?

—Sí, mama.

—Au, ves a aquesta escola i demostra a tots els fatxendes que tu en saps més que ningú. —Fa una pausa i se'm queda mirant—. I si algú s'atreveix a fer-te algun comentari, ja saps què has de fer. Te'n recordes, filla?

Faig el crit de la Juno. El crit animal, el de la nostra raça, el que em connecta amb la mare i em recorda en tot moment qui soc. Però el faig fluixet per no interferir en les converses alienes de les taules del costat. La mare me'l va ensenyar quan era petita i el faig cada cop que estic en un entrebanc o em sento perduda.

Quan surto per la porta la Paula m'espera amb un got d'orxata a la mà.

—Vols que anem a fer un tomb? —em pregunta.

Recupero el posat d'Amazona.

—No.

—I què vols que fem, Juno?

—Vull estar sola.

Llenço l'orxata a terra, zas!, i camino a pas ferm.

Avanço per un passadís amb la cartera a l'esquena i les cames tremoloses. No sé què hi faig aquí, no sé per què ho he acceptat, no sé per què l'hi vaig prometre a la mare... El director Garrí m'acompanya passant-me la mà per damunt de l'espatlla (gest prepotent, ho sé), mentre m'explica no sé què dels nanos que a partir d'ara coneixeré al centre. L'home *casual* —que, tot i ser un vell, segur que tira els trastos a les adolescents de casa bona— parla de la importància dels idiomes, de la disciplina, de seguir unes normes al centre «per tal que tots hi convisquem amb harmonia i pau i...».

—En aquesta escola, la disciplina és una peça clau —assegura.

I mentre segueix amb el seu discurs abominable, m'imagino que trec un ganivet, l'hi clavo al cor, l'esquartero, i em quedo amb les seves vambes, que possiblement revendré a molt bon preu.

Tot d'una, arribem davant d'una porta.

—És aquí —diu el director. I encara afegeix—: Coneixeràs el teu nou professor. I tutor. Es diu Cesc. Espero que us feu bons amics.

El director obre la porta de classe. Ai... Sento un calfred al cos. Davant meu, cares i més cares plenes de grans que em miren amb ulls expectants com si haguessin vist una extraterrestre. Aconsegueixo detectar un noi alt i ros típic d'anunci. «Aquest deu ser fill d'algun polític o empresari de renom», penso. Aconsegueixo detectar una noia pèl-roja amb dues trenes i cara de pallasso. Penso en un circ i en un domador d'elefants. Aconsegueixo detectar un noi baixet i rodanxó, que em mira com si hagués vist passar un ovni. Penso en un rap acabat de pescar. També veig una massa de gent grisa, tots vestits amb samarretes idèntiques amb eslògans, pantalons texans de marca i vambes de cordons llampants. Al fons de l'aula, un home amb tirants de pallasso i cabells rinxolats —el tal Cesc, suposo— em mira tot gratant-se el cap. Té un aspecte curiós que no m'intimida... El veig... no ho sé... un tio estrany?

—Benvinguda a classe, Juno —em diu el professor nou, que sembla tret d'una pel·lícula en blanc i negre—. Pots passar i seure aquí mateix —continua, i assenyala un pupitre.

El director em dona un altre copet a l'espatlla (el malparit!) i em deixa sola davant l'adversitat. Avanço per la classe talment com si fos el corredor de la mort. Al meu voltant, silencis llargs i algunes celles arrufades. Intento no mirar ningú, no parlar, no comunicar-me, fins que arribo allà on em diu el professor. El noi rodanxó em mira amb ulls esbatanats com si li fes fàstic asseure's al meu costat.

Aleshores m'agafa «allò» i no em puc controlar.

Clavo un cop de peu a la taula i la tiro a terra fent un rebombori general.

Tothom emmudeix.

—Juno, pots recollir la taula ara mateix? —em diu el professor amb el rostre atònit.

Mantinc la mirada una estona. Silenci. El pupitre a terra. Ha! No el penso recollir!

Passa una estona i tothom em continua mirant. El professor de tirants i cabells rinxolats manté la mirada clavada en mi com si m'estigués dient: «Dona't per vençuda, Juno. Fes el favor de recollir el que has llençat». Però jo em mantinc ferma i en cap moment desvio la mirada dels seus ulls blaus de contorns arrugats. No sé quin nom m'ha dit que té, aquest professor... si és que me n'ha dit cap. El que tinc clar és que el seu aspecte estrambòtic (tirants, camisa de quadres, sabates desgastades) no em genera cap mena de respecte ni pressió. Més aviat tinc la sensació que estic entrant en un cinema amb una bossa de crispetes a la mà per veure una deliciosa comèdia. L'antiheroi acaba de sortir en escena i rellisca amb una cagarada de gos. O bé: l'antiheroi intenta seduir la noia que li agrada, però en el darrer moment, pam!, arriba el Garrí i se l'endú. Pobre home! I el paio continua mirant-me amb la boca torta com si no hagués vist mai una noia maltractant el mobiliari escolar. Una noia! Les noies no les fan, aquestes coses, i ara! A qui se li acut?

Finalment, es digna a parlar:

—Mira, Juno, en aquesta escola estem acostumats a tractar-nos amb més respecte.

Silenci llarg. Xiuxiuejos.

—Així que t'ho diré per última vegada: recull el pupitre de terra ara mateix, sisplau.

Quan diu «sisplau», ho fa amb una entonació curiosa. Mig amenaçant i mig de súplica. Ja ho veig, ja ho percebo. Començo a guanyar la partida. L'energumen no sap com comportar-se i tot ell es va atabalant. Recordo les paraules sàvies de la mare: «Les persones són com els gossos, filla. Si t'oloren la por, t'atacaran». Però jo estic tranquil·la perquè, de por, no en tinc gens ni mica. «Ni gota, mama. Et juro que l'imbècil aquest no em vencerà».

De cop, passa un fet insòlit. Agafa el guix i apunta una frase estranyíssima a la pissarra. *Quines tres coses us enduríeu a una illa deserta?* Horror. El típic professor experimental.

D'aquells que s'inventen històries per perdre el temps quan no saben què fer. Aleshores demana al noi rodanxó que surti a la pissarra i s'atreveixi a apuntar tres elements que s'enduria amb ell.

—Tres coses que t'enduries a una illa deserta, Roc. Què se t'acut?

Flipo. Què carai és això? I per què tothom li fa cas, deixant-me completament al marge? Que no se n'han adonat, que encara no he recollit el pupitre de terra?

El nano rodanxó, el que teòricament s'asseu al meu costat, surt a la pissarra i dubta quina paraula escriure-hi. Finalment, escull la paraula «llibre», la qual cosa crea un debat extens i curiós. El professor interpel·la els altres:

—Què en penseu? Hi esteu d'acord, amb l'elecció del Roc? A algú se li acut alguna altra idea? Menjar? Roba?

El que queda de classe s'esdevé entre comentaris, discussions sobre quines són les nostres prioritats a la vida i algun somriure fora de lloc.

Sona el timbre.

Tots van desfilant cap a fora i jo els segueixo el pas perquè em toqui una mica l'aire.

Aleshores el professor se m'apropa i em parla a cau d'orella:

—Si vols sortir al pati hauràs de recollir el pupitre, Juno —em diu barrant-me el pas. I a continuació afegeix—: Em dic Cesc. Soc aquí per al que necessitis. Benvinguda a l'escola.

Fa deu minuts que soc aquí. Mirant-me el pupitre i el pupitre mirant-me a mi. Avorriment total. No el penso recollir ni obeir cap mena d'ordre. Vagarejo per la classe, agafo un llibre d'estudi, faig voltes circulars... Em fixo en el material escolar al·lucinant que fa servir aquesta gentussa. Llibretes de marca, retoladors cars, calculadores científiques, ordinadors d'última generació...

Per un moment, em plantejo què passaria si recollís el pupitre i el tornés al seu lloc. No, de cap manera. Guanyarien la partida. I aquí, la partida la guanyaré jo. Així que m'assec a la taula del professor, adopto un posat de personatge de ficció, i jugo a fer de «Cesc» durant una estona.

—Tu! Pots sortir a la pissarra i escriure aquesta equació? Ha!

Quan faci divuit anys, marxaré del centre d'acollida i em llogaré un piset a prop del mar. De fet, quan tingui els divuit, ja estaré amb la mare i ningú s'atrevirà a tractar-me amb tant menyspreu. Com em va dir un dia la Paula: «No hi ha vides que valguin més que les altres. Totes valen igual». I encara que aquests adinerats es pensin que poden mirar-me per damunt de l'espatlla, els demostraré que estan molt equivocats.

Em crida l'atenció un estoig ple de retoladors que veig damunt d'un pupitre. M'hi atanso i analitzo la mercaderia. «Si n'agafo algun no passarà res», penso. De fet, a aquesta gentussa els sobren els calés. Els surten per les orelles. Segur que tots ells tenen cases de tres plantes i segones residències a la Cerdanya o a l'Empordà. A Cadaqués, per ser més exactes. «Papà, sisplau, puc anar a fer un tomb amb la barqueta?». Res, per un parell de retoladors no s'acabarà el món. Continuo revisant material i robo unes tisores interessants, un compàs que segur que tindrà alguna utilitat, un estoig amb el dibuix d'una taula de surf, una novel·la amb una coberta impactant i... què hi ha allà al fons? El pusil·lànime del professor Cesc resulta que s'ha deixat la jaqueta?

M'apropo a la jaqueta i a dins hi veig una cartera. L'agafo i la xafardejo. Un carnet d'identitat (caram, té quasi quaranta anys, el vell!), una targeta del Racc (segur que se la fot cada dos per tres!), la foto d'una dona de cabells rossos que entenc que és la seva dona (guapa, això sí!), la targeta d'un supermercat de marca barata (visca el menjar porqueria!), i voilà... calés! Vint, trenta, quaranta, cinquanta, setanta-cinc euros, que em fico dins dels mitjons com si no passés res.

Aleshores s'obre la porta i el professor se'm queda mirant.

—Encara no has recollit el pupitre, Juno?

—No.

El professor Cesc ocupa el seu lloc amb un posat de preocupació evident. Els altres alumnes seuen a les seves cadires. Excepte jo, que em mantinc dreta.

—Entesos, Juno —diu el professor, adoptant un to enèrgic i resolutiu—. Veig que no has recollit res.

Quina evidència més absurda.

—Suposo que ens vols mostrar una imatge de prepotència per marcar territori, és això?

Però què s'empatolla, aquest tio?

—A veure: ho tornarem a intentar.

No sé on vol anar a parar.

—Nois, escolteu-me un moment, sisplau.

Tots s'alcen immediatament com si es tractés d'un servei militar. Em peto.

—A veure: us demano que us presenteu un per un i

que expliqueu el que més us vingui de gust de vosaltres mateixos. Així la Juno ens coneixerà una mica més i potser aconseguirem començar el dia amb més bon peu. Qui comença?

La noia pèl-roja que em recorda un pallasso pren tímidament la paraula.

—Jo em dic Carlota. Vinc a aquesta escola des de petita. —Típic i tòpic—. M'agrada ballar i competir en la secció professional de gimnàstica artística. —Quina mandra!—. I res, que espero que et sentis a gust a la nostra escola.

Quin horror de noia. Sembla treta de la típica pel·lícula de Disney amb final feliç. Em fan vomitar, aquestes pel·lícules. I tot Hollywood en general. La vida no funciona així. O, almenys, no la meva. Ara aixeca la mà el noi ros i repentinat de la classe. El que em faltava!

—Jo em dic Claudi.

Els nois el miren amb admiració, com si es tractés d'un cantant famós de moda. Em fa pensar en aquests nanos que protagonitzen anuncis de dentífrics i miren riallers a càmera. La majoria d'ells s'acaben suïcidant quan es fan grans. És clar que si aquest paio es vol tirar d'un pont no seré pas jo qui l'hi impedeixi.

—M'agrada anar a esquiar i fer escalada. —El que em faltava, esquiar!—. També munto a cavall i faig competicions... —Vinga, a veure qui la té més grossa—. I res, espero que t'adaptis a la nostra classe.

«Adaptar»; verb que no suporto. És com «oportunitat». O «empatia». Ara li toca el torn a un altre noi. És castany i amb piguetes a la cara. Per la manera com es mira en Claudi, diria que és el seu súbdit o el seu cavaller. Hiiiii!

—Jo em dic Pablo —estossega—. Bé, em diuen Litus,

de Pablitus... —Sense comentaris...—. Res... Jo no faig tants esports com el Claudi, però estudio idiomes. Anglès, francès, italià, i ara estic aprenent l'alemany.

Mare meva! Quina mandra i quina pèrdua de temps passar-se la vida fent colzes. Per què? Per acabar tenint una feina de merda? Per acabar estudiant una carrera i després haver d'emigrar a algun país més desenvolupat? Pobre Pablitus, quin futur que l'espera!

Les presentacions s'encadenen les unes amb les altres en una desfilada d'estereotips apassionants. Noies vestides a l'última moda, futures ballarines i cantants, futurs empresaris corruptes, algun artista despistat a qui segur que subvencionarà el seu pare... Fins que arriba el torn del noi baixet i grassonet de la classe que teòricament s'asseu al meu costat. O jo al seu costat. Sempre que jo tingués pupitre, és clar.

—Jo... —diu amb veu tremolosa— ...em dic Roc.

—Bola! —se sent de fons.

El professor Cesc hi intervé de seguida. El grassonet es gira un moment i es mira amb temor el Claudi, el refotut líder de la classe. Ja l'he detectat.

—Prou! Qui ho ha dit, això? —pregunta el Cesc—. Espero que no es torni a repetir. Continua, Roc, sisplau.

—Bé, jo... —Veig que li suen les mans—. A mi m'agrada fer karate, arts marcials i... llegir.

Algun estossec fora de lloc.

—I no sé què més dir. Espero que et sentis a gust a l'escola... —Això darrer ho diu amb una veu tímida i de manual. Com si estigués obligat a complir un expedient burocràtic.

—Ara és el teu torn, Juno —em repta el professor Cesc—. Explica'ns el que vulguis. Endavant.

Es crea un silenci al meu voltant i els desafio a tots amb la mirada. Em sento com si volguessin estudiar un exemplar d'orangutan en vies d'extinció que desapareixerà d'un moment a l'altre del planeta Terra. Aquí, l'orangutan albí soc jo, és clar. Així que els penso fer una demostració del que soc capaç de fer si em captura un grup de científics depravats.

—Jo... —començo, i agafo embranzida—. La meva vida es pot resumir en un minut. Pare, no en tinc. Ni idea. Jo crec que la meva mare es va tirar algú una nit que no s'aguantava dreta, de tan borratxa. Ara és a la presó. La meva mare. Se suposa que va disparar a un tio. Tot i que aviat sortirà i podrem pirar a viure ben lluny d'aquesta escola... I jo, a diferència de tots vosaltres que munteu a cavall i estudieu alemany, passo la vida en un centre, perquè ningú té collons d'acollir-me.

Xiuxiuejos generals. M'encanta.

—Per què dius que ningú té «collons» d'acollir-te? —pregunta el professor Cesc.

—Perquè ningú es queda una peça amb tara. Voldríeu una peça amb tara, vosaltres?

El professor talla la discussió:

—D'acord, Juno, moltes gràcies per la teva explicació. Ens has provocat a tots. I ara, sisplau, pots recollir el teu pupitre?

—No.

—Com?

—No.

De fons, veus llunyanes:

—M'ha desaparegut un retolador! Dos! I unes tisores!

Soc al despatx de direcció amb el calb del director Garrí, el professor dels tirants que m'he après que es diu Cesc i una dona de cabells rossos que resulta que és la subdirectora i es diu Àngela. Es respira un silenci feixuc i tots tres parlen de la necessitat de seguir unes normes i de mantenir la disciplina al centre. El senyor Porc i la bruixa de cabells llisos fan gestos afirmatius i comencen a elaborar un discurs que sembla extret d'un Power Point. Parlen de conceptes avorridíssims, com ara contenció de les emocions, autocontrol, empatia, i una sèrie de mots que ni ells mateixos saben què volen dir. El professor Cesc es queda al marge dels esdeveniments i de cop comença a regirar la cartera. Em tronxo. Troba a faltar els calés. Me'ls penso gastar en un minut, els seus setanta euros! Veig que la torna a guardar i dissimula com pot davant del porc i la bruixa. Buaaa... aquesta situació em recorda la de tants i tants especialistes que he visitat al llarg de la meva vida i que han aguditzat encara més el meu diagnòstic. Noia amb tara. Cas perdut. Ovella esgarriada. Orangutan en perill d'extinció. En comptes de centrar-me en la conversa —una pèrdua de temps, ho sé—, em començo a fixar en la decoració insípida del despatx. Una prestatgeria plena de carpetes, un quadre d'una natura morta (haurien de tancar a la presó tots els que fan quadres de natures mortes!) i un títol acadèmic emmarcat del director. Ves a saber com quedaria tot això si hi donés el meu toc personal de grafitera. De fet, no només caldria que pintés les parets, sinó també els personatges del quadre. I donaria un toc de verd al Garrí perquè resultés més simpàtic i semblés que caga a l'herba. I a la bruixa pèrfida li dibuixaria una escombra perquè se n'anés volant i tornés al seu castell de les tenebres. I al professor Cesc... al professor Cesc potser li dibuixaria un animal prehistòric amb ales que se l'endugués cap al món de la ficció i... És ben estrany, aquest paio... Quina vida deu tenir? No riu. No riu gaire. Sembla despistat. D'altra banda, no para de mirar-me.

—Juuuuno! M'estàs escoltant? —em diu el director Garrí.

—Què? —Aterro a la realitat.

—Em pots resumir tot el que t'he dit, sisplau? —em repta amb aire incrèdul.

Em disposo a improvisar. Tòpics, tòpics i més tòpics.

—Doncs això, que he de rectificar la meva actitud i prendre-m'ho tot de manera més positiva —contesto.

—Exacte, veig que m'has escoltat.

—I que he d'exercitar un major control sobre les meves emocions.

—Exacte, molt bé.

—...i que a partir d'ara he de ser més solidària i acceptar que aquesta escola l'únic que vol és ajudar-me.

—Exacte.

—...i que he de treballar conceptes com ara l'empatia i l'autocontrol i...

—Em prens el pèl, Juno? —Se'm queda mirant.

—No, de cap manera —contesto aguantant-me com puc el riure.

Es crea un silenci llarg. El Porc i la Bruixa creuen una mirada de complicitat, com si no els agradés la meva resposta.

—Doncs bé, Juno. Espero que demà comencis el dia amb més bon peu. Que passis una bona tarda.

Surto de l'escola arrossegant els peus i la cartera. Al meu voltant, mirades afilades que se'm claven al clatell. La pèl-roja, la Carlota, em mira amb un somriure estrany, com si volgués dir-me alguna cosa però no s'atrevís a fer el pas. Continuo avançant i el repentinat del Claudi i el seu seguici em miren amb un somriure fals. M'aturo davant d'ells i els mantinc la mirada ferma. Ni un pas enrere, ni una tremolor al llavi, ni un mínim rastre de debilitat. «Els gossos oloren la por, filla». No penso permetre que aquests mascles de l'escola es pensin que poden sobrepassar-se amb una femella com jo. Que se m'acosta algun tio i es pren confiances? Ganivetada! Que se m'acosta algun tio perquè em vol insultar? Ganivetada! Sovint penso que el porto incorporat al cos, el ganivet. O potser vaig néixer amb ell com si fos una extremitat més del meu cos. «La seva filla té dues mans, dos peus... i un ganivet enganxat a les costelles! Mira que és estranya!». Deixo de banda els populars de l'escola (avanço entre els seus cossos sagnants i mutilats) i em dirigeixo cap a la porta. Quan estic a punt de sortir sento una veu:

—Juno!

Darrere meu, el professor Cesc. El que se suposa que és el meu tutor.

—Escolta... —Se m'apropa—. Allò que has explicat abans de la teva mare... ho has dit per cridar l'atenció?

—No n'has de fer res.

—Entesos, tu mateixa. Però si vols fer amics, et recomano que canviïs d'estratègia.

—I qui ho diu, que vull fer amics?

—Tothom vol tenir amics, Juno.

Sense comentaris.

—Ei, no et facis el simpàtic amb mi. Perds el temps. Mai no serem amics. Molt bonica, la foto de la teva dona.

Giro cua i me'n vaig.

—Juno!

—Què?

—Torna'm la fotografia, sisplau. Ara.

El deixo a l'estacada.

Fa hores que estic així. Vagarejant per la ciutat i perdent-me per carrerons que no conec. Fins que he anat a parar a aquesta escola *pija*, mai mai no havia pujat a la part alta de Barcelona. Fa una estona que baixo i contemplo carrers i comerços que no havia vist mai. La gent en aquests barris viu amb uncs comoditats quc ni m'imaginava. Tots aparquen cotxassos al carrer (en doble fila, és clar!) i algunes dones desfilen amb assistentes equatorianes. Les equatorianes del centre... Ai... El cas és que la gent va ben vestida, porta rellotges cars i passeja pel món amb uns aires de superioritat que ni ells mateixos sembla que percebin. *«Yes, we can!»*. Passo per davant d'un parc amb gronxadors i me'l quedo mirant durant una bona estona. Fàstic de parc. Mares i equatorianes que cuiden els seus nens rossets d'anunci. Ja m'ho imagino. Arribaran a les seves cases, els banyaran amb sabó fins dalt, les mares els ompliran de petons i... visca el desequilibri! Em quedo mirant un nen que es tira pel tobogan i s'omple els genolls de sorra. M'inunda una mena de ràbia. Soc incapaç de recordar cap episodi de la meva infantesa on aparegués un maleït tobogan. Sempre els mateixos records: les parets esgrogueïdes dels diferents centres d'acollida, les rajoles amb olor de lleixiu, el llit individual amb flaire de suavitzant barat, les visites a la mare a la presó... «Tens un comportament insuportable», primera mare d'acollida. «No es pot tractar amb tu», segona mare d'acollida. «És impossible crear un vincle amb aquesta nena», tercera mare d'acollida. «És dolenta, dolenta, dolenta!!!», quarta mare d'acollida. Camino avall, sempre avall, encara més avall... fins que arribo a la meva destinació preferida.

Soc a l'espigó, davant del mar. Hi vinc sovint quan vull estar sola i dedicar-me a pensar. Hi he passat hores senceres, aquí dalt. Contemplant les onades, sentint el so del mar, veient la llauna de Coca-Cola flotant i amenitzant la vetllada... Observo la tonalitat de l'aigua entre blava i verdosa i trec el bloc per començar a dibuixar. S'hi està bé, aquí. M'imagino que em capbusso al quadre que tinc al davant i em converteixo tota jo en una sirena. Molaria. Jo nedant per l'oceà i experimentant la sensació de llibertat màxima. A sota, en un palau al fons del mar, m'hi trobaria la mare esperant-me. I en aquest dibuix magnífic no hi hauria ni bruixes del mar, ni éssers monstruosos, ni Ulisses lluitant contra les sirenes... res. Només la mare i jo. Entre el maragda de l'aigua i els peixos irisats de tots els maleïts colors de la paleta.

Una gota de pluja em mulla el clatell. És hora de tornar a casa.

Bé, això de «casa» és una manera de parlar.

«Casa».

He menjat un plat de llenties per sopar i me'n vaig a la saleta a relaxar-me. Al meu costat, una noia xilena i un noi magrebí comenten el programa que fan a la tele. Es tracta d'un documental del National Geographic on un grup de hienes s'acarnissen amb un cérvol que acaba de ser atacat per un lleó. Se'n mengen les restes, l'esquarteren, es barallen per un tros de carn... Això és poesia pura.

Em canso de l'activitat i me'n vaig a l'habitació per estar una estona tranquil·la. Es tracta d'una cambra amb quatre llits, on la intimitat és més aviat nul·la. Intento llegir una novel·la que he robat a classe, però res del que m'expliquen m'interessa. Soc incapaç de concentrar-me, de deixar-me endur per l'argument, de ficar-me a la pell del personatge. S'obre la porta i entra la Paula.

—Com ha anat avui, Juno?

—Pse...

—Són interessants, els teus nous amics?

—Jo no tinc amics.

—Vols que xerrem una estona de l'escola?

—No.

—Au, doncs bona nit...

Quan tanca la porta i la llum, em ve *allò* que m'agafa sovint i no puc controlar. Les imatges. Les maleïdes imatges. Sempre venen de nit i se'm claven al clatell com si fossin dards. Intento tancar els ulls, però es fan més visibles. Un cos esquarterat, sang, uns ulls mirant el cel, el so d'un tren que s'apropa... No ho puc suportar. M'intento tapar la cara amb el coixí, però m'assalten les imatges amb més força. Noooo! Encenc el llum i intento ofegar el crit. El cor se'm dispara. Sang, la remor del tren, cops, la taca vermella. Aleshores faig un crit i la Paula entra corrents a la cambra.

—Respira fondo, Juno, respira.

Panteixo.

—Tranquil·la, ja està passant. Tranquil·la...

Em dona un calmant natural i es queda amb mi una estona.

Quan se'n va, salto del llit i giro el matalàs on dormo. A dins, en un forat que he fet curosament i on guardo les meves pertinences, hi agafo les tisores que he robat a l'escola.

Les nits són complicades. Silencioses. Absurdes.

Finalment —el cor a cent, tisores a la mà—, aconsegueixo aclucar els ulls.

Obro la porta de classe i tothom em mira com si haguessin vist una extraterrestre. Em dirigeixo al meu pupitre —l'han recollit, he guanyat!— i m'assec al costat de la bola de greix que el primer dia em mirava amb ulls de llobarro.

—Hola —em diu el Roc, amb pànic als ulls.

—Hola —li contesto esquerpa.

Malauradament, el professor de tirants continua fentnos la classe. Començo a pensar que és un *homeless* que s'ha instal·lat aquí, i que no té gaire cosa més a fotre. Ja m'ho imagino, ja. Dorm aquí, menja aquí, caga aquí.

—Aquest tio sempre ens farà classe? —li pregunto al Roc, a qui em dirigeixo per primera vegada.

—És el nostre tutor —em contesta.

Ha! Això sí que em fa petar de riure. El nostre tutor, el paio dels tirants? Això ja ho veurem, penso. A veure fins on arriba la seva paciència. Mentre encarrega una redacció ridícula sobre «Quines paraules es diran el dia del nostre enterrament?», començo a buscar-li ràpidament un malnom. Té pinta de despistat, de pusil·lànime, d'home enganxat a les xarxes, d'addicte a tot tipus de drogues... Són tantes i tantes les possibilitats que jo mateixa em perdo entre les variables. Mentre explica amb tota mena de detalls el pròxim exercici sobre la redacció del nostre enterrament (meravellós tema, per cert), decideixo posar-lo a prova. Agafo el boli del rodanxó i començo a picar sobre el pupitre.

Pic, pic, pic, pic...

El professor comença a impacientar-se. M'encanta!

—Podeu deixar de fer aquest soroll tan emprenyador, sisplau?

En mantinc persistent sense moure ni una pestanya. Alguns rostres comencen a dirigir-me la mirada.

—Imagineu-vos per un moment que al vostre enterrament un amic surt a llegir unes darreres paraules. Què creieu que diria? Dit d'una altra manera: què creieu que dirien els altres de vosaltres? En parlarien bé? Amb afecte? Amb tristesa?

Continua el so empipador. Pic, pic, pic...

Aleshores veig que a l'home li comencen a suar les mans i fa tots els esforços possibles per dissimular-ho.

—Qui sigui que m'està emprenyant, que sigui valent i doni la cara...

Pic, pic, pic...

Noto alguns somriures. La gent em mira. Em recorda el dia que vaig tirar-me un rot enorme davant de la família del segon acolliment i tots em van mirar amb cara de fàstic.

Pic, pic, pic... Alguns alumnes comencen a seguir-me el joc.

—Entesos, Juno. Ja pots parar. Per què ho fas?

—Jo?

—Sí, tu.

—Perquè em surt dels ovaris.

Se sent un «ualaaa» general. L'home s'apropa i se'm queda mirant.

—Ja pots sortir al passadís. Intenta relaxar-te, d'acord? Quan estiguis una mica més tranquil·la, tornes a entrar.

M'aixeco i surto fent rebombori. Tanco la porta d'un cop i, au, aire!

A fora, em dedico a mirar cartells enganxats en un suro —que si venc una guitarra, que si m'ofereixo a fer classes particulars, que si faig repàs de francès...—, fins que arribo a la conclusió que aquí m'avorreixo. Quina mandra, això d'estar-me tota l'estona esperant al passadís. I sense cadira!

Baixo les escales i surto al pati. Tothom és a classe, així que tinc via lliure per campar lliurement per on vulgui. Arribo a la porta i em trobo una tanca metal·litzada, al més pur estil d'una presó. És clar que aquests nens de casa bona, a diferència de la mama, viuen en una residència de cinc estrelles. Amb wifi, piscina, sala de relaxació amb coixins... Salto la tanca fent un petit esforç —les escapades sempre han estat el meu fort— i surto al carrer a passejar una estona.

M'agrada imaginar-me la cara del senyor Garrí, la subdirectora Àngela i el pusil·lànime del professor Cesc un cop sàpiguen que he fotut el camp. «Es pot saber què t'ha passat pel cap, Juno?», «Una mica d'autocontrol, sisplau!», «T'estem donant massa oportunitats al centre». Oportunitats... em tronxo. Passo per davant del pàrquing exterior i veig una moto que em crida l'atenció. Una Honda RC213V-S d'última generació. Grisa. Estètica impecable. Em recorda les motos GP, que de tant en tant veig per la tele. No em vull ni imaginar el preu de la moto ni qui deu ser l'imbècil del seu amo. Trec un clip de la butxaca, obro el seient, agafo la clau i... marxo una estona a voltar!

Ualaaa, la perspectiva de la part alta de la ciutat des d'una moto d'aquestes característiques és al·lucinant. Perquè després diguin que els diners no fan la felicitat. Aquesta frase segur que se l'ha inventat un *pijo* que sempre ha menjat calent. O un pensador o un filòsof, que és més o menys el mateix. Damunt d'aquesta moto se m'acabarien els problemes i em sentiria la reina del món. *«Yes, I can»*. Per què no? Qui em diu que no seré capaç d'aconseguir tot el que vulgui a la vida? I després em riuria de tots aquests energúmens que em miren per damunt l'espatlla i em consideren el floquet albí en perill d'extinció. Pobre goril·la mort. No sap fins a quin punt l'entenc i em solidaritzo amb ell. Digues «Lluíííííís!», foto! Travesso carrers, botigues, bancs (maleïts bancs!), parcs (fàstic de parcs), poso cinquena i uuuaaaaa... em salto el primer semàfor!

Quan arribo a l'entrada —dues hores més tard—, l'estampa que m'hi trobo és desconcertant. El director Garrí em mira amb cara de fox terrier rabiós, al costat de la subdirectora Àngela, amb l'escombra més llarga que mai, al costat del professor Cesc, pàl·lid com els passadissos de l'escola. Aparco la moto prenent-me el meu temps.

Aleshores, el Garrí ve cap a mi ensenyant les dents.

—Es pot saber què feies? Saps que ens pot caure el pèl si t'escapes de l'escola?

Mantinc la mirada.

—I aquesta moto que has agafat? Com t'has atrevit a...

—Funciona molt bé!

—És meva! —em diu irritat.

Em dona una empenteta amable i em fa passar cap dins de l'escola.

Travessem el passadís i ens dirigim tots tres cap al despatx de direcció, que em comença a semblar casa meva. Pel camí em creuo amb la pèl-roja de la Carlota, el repentinat del Claudi, el súbdit del Litus i un seguit de noms que em comencen a sonar mitjanament: Blanca, Marina, Èric, Candela, Lucas, Natàlia i un llarg etcètera, que no em treuen la son.

Un cop entrem a direcció —quina mandra la decoració d'aquest espai—, el discurs se succeeix amb més intensitat que ahir. Que si cal mantenir uns límits, que si no pensen permetre que em salti els codis de l'escola, que si he de millorar el meu comportament... El que més em sorprèn és el to amb què es dirigeixen al professor Cesc, que es va encongint a poc a poc a la cadira.

—Si no saps controlar els teus alumnes, no anem bé —li diu el director Garrí en un to sever.

—Jo només l'he fet fora de classe...

—M'és igual. Era la teva hora i te n'has d'ocupar millor. Tu ets el seu tutor. Saps el puro que ens pot caure si li passa res en horari escolar?

—No ho sabia. No tornarà a passar —diu el Cesc, visiblement incòmode.

Em sorprèn veure que al Porc només li interessa el que li pot succeir a ell (a ell!) si em passa alguna cosa en horari escolar. O potser ni tan sols això. Potser només li interessa la seva moto i no suporta que una infectada com jo hagi recolzat el culet sobre el maleït seient. Petarró inclòs.

—Juno, escolta'm bé —diu el director—. Hem acceptat que vinguessis a la nostra escola perquè volem ajudar-te a tirar endavant.

—Ajudar-me?

—Sí. Entenc que la teva situació és molt delicada, Juno...

—Si volgués buscar ajuda, l'última persona en qui confiaria series tu.

—Per què?

—Perquè des que he arribat a l'escola en cap moment m'has mirat als ulls.

Tothom em mira expectant.

—Com?

—No t'hi atreveixes. Ets un covard. Des que he arribat a l'escola no pares de dir paraules abstractes. Però en cap moment m'has mirat als ulls.

L'home prem el puny dret com si volgués esclafar una nou.

—Aquest to arrogant no et fa cap favor, Juno...

Callo.

—Espero que canviïs d'actitud. Si no ho fas, em sap molt greu, però haurem de prendre mesures.

«Mesures». Una altra paraula que odio. Com «oportunitats».

Estic endrapant un plat d'espaguetis a la bolonyesa quan la noia pèl-roja (Carlota, crec que es diu...) es dirigeix cap a mi tota somrient. Em sorprèn que un dels alumnes de l'Escola Pere Marí, de Barcelona, vulgui venir a asseure's al meu costat. La zombi. L'orangutan en perill d'extinció. La infectada.

—Puc seure amb tu? —em pregunta la Carlota.

Arronso les espatlles com dient «fes el que vulguis» i s'asseu al meu costat.

—Puc preguntar-te com has saltat la tanca? —em pregunta.

—Saltant-la.

—És molt alta.

—Hi estic acostumada.

—De veritat? Has saltat altres tanques, a la teva vida?

—Pse, no ho sé... Per què em fas tantes preguntes?

La noia endrapa un tros d'hamburguesa i em mira somrient amb els queixals tots bruts de sang.

—Em va semblar increïble la teva història. Quan vas explicar la teva vida...

—Et semblo un animal en perill d'extinció?

—No. Em sembla que has hagut de passar coses duríssimes. Té un gran valor que tot i la teva situació...

—Si vols fer un treball de camp, amb mi no hi comptis.

—Perdona, perdona —es disculpa.

Li agafo quatre patates del plat i veig que la noia em somriu. Ulls verds turquesa, piguetes, nas desigual... Tota ella té un aire entre guapa i divertida que més aviat em fa petar de riure. Abaixo el ganivet. És inofensiva, crec.

—La profe d'història ha posat un treball sobre els camps d'extermini. Si vols, el podem fer juntes...

Arronso les espatlles altre cop. De fons, veig el Claudi i el seu seguici que em miren devorant patates. Se'n foten de mi, ho sé. Estan mesurant la força i les distàncies.

—Aquests imbècils, qui són? —pregunto a la Carlota, assenyalant la taula del fons.

—Tens bona vista. El Claudi és el líder de la classe.

—El típic mascle alfa a qui no se li aixeca, vaja.

—Que no se li aixeca? —Somriu.

—La meva mare diu que tots els homes que van de dominants pel món tenen el mateix problema: no se'ls aixeca.

—Ha, ha, això no ho sabia.

—A part de l'impotent del Claudi, els altres, qui són?

M'observen rient des de la distància. Els ensumo.

—Al costat del Claudi hi ha el Litus. Fa tot el que li diu el Claudi com si no tingués personalitat...

—Un titella, vaja.

Veig que riu per sota el nas. Ara m'assenyala el rodanxó de la taula del fons.

—I aquell que hi ha allà sol és el Roc.

—El Bola.

—Alguns de la classe li diuen Bola, sí. Sempre va sol. I menja sense parar. No té gaires amics, però em sembla que està millor així: sol.

Em fixo en el Bola, que suca el pa en la salsa de tomàquet que acompanya l'hamburguesa. Tot ell és un poema. Aleshores alço el cap i veig el professor Cesc que arriba amb la safata plena de pasta amb una muntanya de formatge ratllat a sobre.

—I el professor Cesc? —dic per obtenir la màxima informació possible. La informació sempre és poder. Cal dominar-la—. Fa molts anys que treballa a l'escola?

—El Cesc? Què va! Ha entrat fa poc temps com a substitut.

—El substitut és el nostre tutor?

—Sí. Li han donat el nostre curs i s'estarà aquí més o menys un any.

—Així que aquest és el típic penjat que està a la corda fluixa.

—No és mal tio. A mi m'agrada com fa les classes. I em sembla que té una història dura...

—Quina història?

—No la sé... L'únic que sé és que abans era publicista o alguna cosa així...

Em fixo en el peix fora de l'aigua assegut sol i endrapant espaguetis. Ens ho passarem bé, ell i jo, penso. Li detecto el punt dèbil. És insegur, poca autoestima, vol fer el simpàtic, no es cauen bé amb el director... Per acabar-ho d'adobar, és professor de llengua i literatura i es dedica a fer exercicis tan estranys com ara «Què dirien de tu el dia de l'enterrament?» o «Què t'enduries a una illa deserta?». Un frau. Es nota que no en té ni idea i improvisa.

La Carlota m'interromp.

—Així què? Vindràs a casa meva a fer el treball?

Acaricio el ganivet invisible.

—Mira, tu i jo no tenim res a veure. Així que si vols fer un treball de camp, t'aconsello que te'n vagis a l'Àfrica a tractar els mosquits albins.

—Mosquits albins?

—En extinció. Poderosos. Treuen verí. M'ho he inventat tot. Adeu.

Avanço pel carrer amb els cascos posats. Escolto música per desconnectar i evadir-me del món. Adele. Meravellosa veu femenina. Gran personalitat. Taral·lejo la cançó com si jo mateixa l'hagués compost. *«When will I see you again? You left with no goodbye, not a single word was said. No final kiss to seal any sins. I had no idea of the state we were in»*.

De cop, algú em toca l'espatlla.

Em giro i és el professor Cesc. Porta una motxilla a l'esquena com si se n'anés d'excursió. Em mira fent una ganyota estranya.

—Juno, vull parlar amb tu un moment.

—Estem fora de l'escola. No et pots apropar. És un delicte.

—M'és igual. Necessito parlar amb tu.

—No em toquis o cridaré.

Continuo avançant amb els cascos posats. Intento concentrar-me en la música, però el pusil·lànime em segueix a tot arreu. No puc. Se'm situa al davant i em treu el casc de l'orella dreta. Pam. Intromissió absoluta.

—Què et passa, Juno? Vas de noia dura?

—Vaig com em dona la gana...

—Escolta, no estaria malament que tractessis amb més respecte...

—«*Coca-Cola. Vive tus sueños*».

—Què?

—Ets un publicista frustrat que et dediques a l'ensenyament perquè no et queda altre remei...

—Com ho saps, tot això?

—Soc llesta.

—El que tu tens és molt mala llet. I no em sembla malament, que ho sàpigues? M'agrada la gent amb caràcter.

Me'l miro desconcertada.

—Però em sembla que al final aconsegueixes tot el contrari del que vols aconseguir.

—I què vull aconseguir, segons tu?

—No ho sé... Digue-m'ho tu. —Pausa. Li mantinc la mirada—. Ser una mica acceptada, potser?

—Ha! Ara sí que em tronxo. Aquesta, mira que és bona! Fot el camp, tio.

M'agafa del braç com si volgués portar-me al seu terreny. M'aparto. No ho suporto. No suporto que em toquin.

—Socors! Aquest home se m'està acostant! No sé què vol!

Començo a cridar desorbitadament. Molt. Massa. La gent al meu voltant s'atura. Un home amb ulleres em mira estranyat. Una dona que passeja el gos fa marxa enrere. Un nen que va amb la seva mare m'assenyala amb la boca oberta en forma de O. El professor s'enretira un pas.

—Què fas, Juno? Deixa de cridar, sisplau.

S'apropa la dona amb el gos. Em mira tota preocupada.

—Estàs bé, maca?

El Cesc em mira amb ulls de peix com suplicant-me que aquest cop «em porti bé». Me'l miro amb tota la ràbia del món continguda.

—Aquest home se m'està acostant —contesto.

—No és veritat. Soc el seu professor —es defensa—. Estàvem parlant tranquil·lament. Però ja me'n vaig, ja me'n vaig. Pel que es veu a la Juno no li agraden les converses...

El professor marxa arrossegant els peus —he vençut!— i fent esses com una sargantana. Pobre paio, penso. Un tio acabat. No té res a fer amb mi. Els homes sempre són el mal i cal tenir-ho en compte. Dèbils, traïdors, covards, violents... Em guardo el ganivet imaginari i em torno a posar de seguida els cascos. Camino a pas ràpid.

«*When will I see you again? You left with no goodbye...*». Partida guanyada. Dos a zero. Demà, tres a zero. Pam!

Soc a la sala de la presó i fa massa estona que m'hi espero. Em fixo en l'esquerda en forma de drac, que avui sembla que m'observi. Fa olor de lleixiu, l'espai, com sempre. Al costat, travessant les parets, m'imagino altres sales amb altres fills o filles que xerren amb les seves mares. Totes les dones del centre, totes, són aquí per un motiu o un altre. Són persones normals i corrents, com la mama, que senzillament han tingut una vida complicada. La mama, si no hagués conegut qui no havia de conèixer, hauria tingut una vida com la de qualsevol altra dona. I m'hauria pogut estimar i protegir i fer-me petons, com acostumen a fer totes les mares. Però no em vull preocupar, perquè sé que aviat sortirà i podrem estar juntes. I tindrem una caseta a prop del mar. I saltarem onades. Perquè a la mama i a mi ens agrada (ens agradava) banyar-nos al mar i saltar onades. Ho fèiem cada estiu, quan començava la primavera i la mama em recordava que el meu nom era el més meravellós del món. «Juno, el teu nom dona la benvinguda al mes de juny; l'esclat de la primavera. La protectora de les dones. El mar, les flors, el sol... Tu ets la primavera, Juno». Una veu agra m'interromp els pensaments. La mama és davant meu. Fa mala cara. Té la cella esquerra inflada i el pòmul dret de color blau. S'asseu i es queda en silenci. Es mira la punta de les vambes.

—Què ha passat?

—Res. —Es mira les rajoles desgastades.

—Com que res?

—M'he donat un cop a la dutxa...

—No, mama. T'has tornat a barallar, oi? És això?

Més rajoles i més vambes. No puc suportar que es fiqui en merders, la mare. Aquest caràcter que té he de reconèixer que em mata. Vols dir que no m'hi assemblo massa?

—Res, una de les recluses, que em té mania, i hem discutit una mica...

—Què vol dir que heu discutit?

L'observo amb tristesa. L'os de pollastre a la gola no em deixa respirar.

—Així què? Com ha anat avui l'escola? —em pregunta per despistar—. Què tal amb el teu professor? Cesc... es diu, oi?

L'os es torna cantellut. No contesto. No vull mirar-la. La mare alça la cella i em mira amb els ulls entelats. Alesho res percebo una llàgrima minúscula que treu el cap pel seu ull dret, però que es torna a ficar cap dins de seguida. M'aixeco.

—Ja te'n vas?

—M'han passat les ganes de parlar, mama.

Li faig un petó curt i em dirigeixo cap a la porta. Em giro en l'últim instant i veig la mare alçant-se per tornar a la cel·la. Fito l'esquerda. A dins hi ha un drac. Un drac que en qualsevol moment pot venir a atacar-me.

Entro a la dutxa i m'ensabono el cos de dalt a baix. Agafo l'esponja natural i em frego les cames, les cuixes, el ventre. Em clavo les ungles als braços i sense voler llanço un crit de dolor. Aaaag! Arriba la Paula i pica la porta.

—Estàs bé, Juno? Surt, au, que fa massa estona que ets aquí dins.

Vaig cap a l'habitació i m'estiro al matalàs a reposar una estona. La Paula s'asseu al meu costat i m'acaricia els cabells com si fos una nina. M'agrada la seva olor de pastís de poma amb tocs de llimona. Em pregunta si em ve de gust sopar i jo li contesto que he perdut la gana. S'estira al meu costat i en sento la respiració pausada. No rebutjo el contacte amb el seu cos. Sé que és una bona persona i que intenta ocupar-se de mi des del dia que vaig arribar al centre.

—Si vols podem parlar de la teva mare.

—No en tinc ganes.

—Potser t'anirà bé parlar-ne, Juno. Entenc que ha de ser molt complicat...

—La meva mare aviat sortirà de la presó.

Veig que s'empassa la saliva.

—Mentre això no passi, pots gaudir dels teus nous amics.

—Jo no tinc amics! I no en vull parlar.

Veig que acota el cap i torna a empassar-se la saliva. Aleshores li dic que vull estar sola.

—D'acord, Juno. Però si mai necessites parlar de la teva mare, del que va passar quan eres petita, o del que tu vulguis... aquí em tens.

—No vull parlar de res.

—D'acord.

Un cop sola, trec de sota el matalàs els retoladors que vaig robar a l'escola i em poso a dibuixar una estona. Agafo el color vermell i dibuixo un cos empastifat de sang... Més enllà, un rostre desencaixat que s'expandeix per l'habitació com una taca fosca. Vermell, negre, vermell, encara més vermell...

M'alço d'una revolada i obro la finestra.

* * *

Com sempre, fujo. Fujo ben lluny. N'hi ha prou amb obrir la finestra i fer un pacte amb els companys de cambra per acabar fotent el camp sense que ningú se n'assabenti. Entre les destinacions possibles en tinc unes quantes per triar i remenar. Però avui soc aquí. A les vies del tren. Unes vies del tren qualsevol. I això que ja me'n conec unes quantes.

Camino pels rails fent equilibris. Ara a la dreta, ara a l'esquerra, ara un peu, ara travesso la via. M'agrada jugar a saltar, a esquivar, a sentir-me heroïna, viure el risc al límit! De lluny sento la remor del tren que s'apropa a poc a poc. Sé que ara vindrà, que s'atansarà, que m'esclafarà, que em rebentarà a bocins, que m'esquarterà el cap i els membres...

Cinc, quatre, tres, dos...

Salto d'un cantó a l'altre esquivant la màquina.

Un record em ve al cap. Un de sol. La veu de la mare. «Les nenes no ploren, Juno».

# CESC

Que sí, que ja sé que a la vida s'ha de ser políticament correcte, que ja sé que als nanos se'ls ha de tractar amb correcció, i amb respecte, i amb empatia, i amb no sé quantes collonades més, però quan es tracta de la Juno... D'on ha sortit aquesta malparida? De quin planeta ve?

Quan la vaig veure per primera vegada a l'aula —pupitre per terra, mirada reptiliana—, no m'ho podia creure. Tractar així un professor davant de tothom... Un professor! Una paraula que teòricament hauria d'imposar respecte. Però la malparida no respecta ningú. Ni el Garrí, ni a mi mateix, ni la seva mare —m'han dit que és a la presó— i encara menys a ella mateixa. Així que hauré de relaxar-me i considerar-la un cas perdut. Un cas difícil.

Però... qui m'ho manava a mi, posar-me a fer de professor als quasi quaranta anys? Mai no m'ho hauria imaginat. Professor. Em sembla que la feina em ve més aviat grossa. Ni tan sols sé si m'agrada. Quan em descobreixo fent classe a adolescents amb les hormones disparades penso que tot això no va amb mi. Jo no soc aquest, em dic. És un altre. Com si dintre meu hi hagués una mena d'àlien que em dominés el cos i em fes actuar d'una manera determinada. I, a sobre, com que no he tingut temps de mirar-me tot el temari, improviso que dona gust. Ara bé... què és més interessant, agafar el llibre i seguir el temari, o aprofitar les classes per dedicar-nos a reflexionar i a fer debats? Em decanto pels debats. Sí, sempre m'han interessat els debats. Com el d'avui, que ha sigut ben estrambòtic, però els he demanat que s'imaginessin una societat del futur regnada només per adolescents com ells. Ai, mare... No, definitivament, tinc idees de bomber. «Cesc, controla les teves idees. Són meravelloses, sí, però també són de bomber», em deia sempre la Laura.

Torno a mirar-la; la Juno. La tinc al davant. Asseguda al costat del Roc i clavant-me una llambregada que espanta. Provo d'aguantar-li la mirada —que no em cali, que no entengui que no sé per on tirar— i intento mantenir un pols amb ella.

Em repeteixo uns quants supòsits per fer-me creure a mi mateix que la tinc controlada.

La Juno està espantada.

La Juno necessita afecte.

La Juno no pot dominar la classe.

La Juno no em fotrà l'any enlaire.

La Juno...

Intento pensar el cinquè supòsit quan veig que alça el dit índex de la mà dreta i em fa una botifarra davant de tothom. No. No m'ho crec. Tothom riu. El debat s'atura. La classe se'm descontrola.

La maleïda Juno m'està guanyant la partida.

Arribo a casa i m'estiro a l'únic matalàs que hi ha a terra. Casa meva, si és que d'aquesta llar se'n pot dir «casa», és el més semblant a un magatzem. Parets blanques. Un clau a la paret. Un llum antic que es devia deixar l'antic propietari. Un sofà de cuir mig desgastat. Caixes i més caixes amuntegades pertot arreu i convertides en columnes dòriques. I no, no m'atreveixo a obrir-les encara. Me les miro des de la distància, com si encabissin un giny a punt d'explotar. Des que la Laura va morir, ara fa vuit mesos, vaig aplegar tota la roba i els objectes de l'antic apartament i vaig decidir marxar ben lluny. Una furgoneta m'esperava al carrer, davant de casa, per fer el trasllat. El mínim possible. L'indispensable per tornar a començar. «La resta es quedarà a París», vaig pensar. La ciutat que ens havia acollit —l'amor i la llum, oh— i que havíem convertit en casa nostra. Quants records. El nostre pis al barri de Saint Germain des Prés, els amics, els caps de setmana, els viatges, la llibertat... fins que un dia es va estroncar tot per culpa de la malaltia. L'hi van detectar als pulmons i es va anar expandint pertot arreu. El maleït càncer. A partir d'aquí vaig deixar de banda l'agència —m'entusiasmava la publicitat, allà sí que era indispensable tenir idees boges—, i em vaig dedicar en cos i ànima a la Laura. Encara hi havia motius per lluitar. O això és el que ens deien els metges...

M'apropo a una de les caixes i n'obro la tapa amb delicadesa. N'observo el contingut i em trobo amb les tasses de te que vam comprar en un viatge al Japó. Una suor freda se m'instal·la al cos. Quants records. No puc, encara. Encenc un cigarret i faig una calada. Glop de birra. Poso música. David Bowie. Em trec la roba i ballo en pilotes. Toco una guitarra imaginària.

Soc en ple concert, el concert dels meus quinze anys, quan de sobte sona el timbre de casa. La Clarisa, la portera (cabells tenyits, bata de flors, sabatilles verdes...), em ve a dur un bol de crema de carbassó per sopar. En veure'm despullat i amb la sala plena de capses, fa cara d'haver vist una pel·li de por. Em col·loco el bol de crema davant de les parts íntimes.

—Gràcies, senyora Clarisa.

—*De nada, hijo, si necesitas algo, no dudes en avisarme.*

Devoro la crema de carbassó entre capses, Bowie, guitarres i un retorn a l'adolescència (o a la incertesa) que darrerament em té descol·locat.

Entro a la sala de professors carregat amb una muntanya de llibres sobre educació. Vull documentar-me, preparar-me bé les classes, tirar endavant, aconseguir l'aprovació dels nanos... Quan em van parlar de la feina —«Hi ha una plaça a l'Escola Pere Marí, de Barcelona. La vols, Cesc?»—, vaig dir que sí sense pensar-m'ho. L'únic objectiu era deixar París, la Laura, qualsevol cosa que em remetés a una vida passada. Però ara soc aquí i, encara que no ho vulgui, em toca defensar-me. I tractar nanos d'aquesta edat no em resulta fàcil. Em pregunto un i mil cops com era jo quan tenia catorze anys. Què sentia, què pensava, com enfocava la vida, quins somnis tenia... Sí, aleshores creia que em podria menjar el món perquè no hi havia límits possibles.

—Què, Cesc? Com van les classes? —em pregunta el director Garrí, que tot just acaba d'entrar.

El fito. Pell de gallina. L'autoritat em posa els pèls de punta. Em recorda la meva etapa estudiantil emborratxant-me fins a les tantes de la matinada. No sé què té aquest home que no m'agrada. L'autoritat, la no-mirada, les sentències que aplica quan elabora les frases.

—Vaig fent, vaig fent —contesto.

El director s'asseu al meu costat i em dona un copet a l'espatlla. Ara entra l'Àngela, la subdirectora de cara amable.

—Un consell —diu el Garrí—. Amb els nanos conflictius, val més no deixar-ne passar ni una. A la que detecten les teves esquerdes...

—Esquerdes...

—Debilitats, punts contradictoris, s'agafen a tot, creu-me. I la Juno és un bon espècimen.

—Què en sabeu, de la seva vida?

—Complicada. D'escola en escola, de família d'acollida en família d'acollida. Sé que a la darrera escola la van expulsar.

—Vaja.

—Va cremar l'aula de química. Aparentment per fer «un experiment». És un cas perdut, creu-me. Així que el màxim que podem fer per ella és ensenyar-li una mica de respecte.

L'Àngela em parla en un to més proper. Encara sort!

—Cesc, no hi perdis massa el temps, creu me. Hi ha altres nanos a la classe que també mereixen la teva atenció.

—Veuràs que és un grup força bo, en general. Hi ha la Carlota, el Claudi...

—El Claudi, precisament?

—Sí, un nano molt intel·ligent. El seu pare és del patronat de l'escola i ens ha ajudat molt —afirma el director.

—Ho entenc, ho entenc... —La teranyina del poder.

—Però, més enllà d'això, veuràs que és un grup amb què es treballa força bé. Així que endavant, fes-te'ls teus. I si se't rifen, posa'ls límits. És el que necessiten. Recorda-ho: límits —sentencia el director.

Faig un glop de cafè carregat de sucre i penso que vull fugir cames ajudeu-me. Límits. Quina paraula més vàcua i absurda. Ves a saber si en tinc jo, de límits propis. Si els he tingut alguna vegada.

A casa, mentre devoro uns canelons que m'ha fet amb tot l'amor la portera Clarisa començo a googlejar a l'ordinador. El meu Mac portàtil és un dels pocs objectes que he extret de les caixes i caixes que envaeixen el pis. N'hi ha pertot arreu. Als banys, a la sala, a la cuina-office, al balcó. Sé que tard o d'hora hauré de fer net i col·locar tots els objectes. Però encara no m'hi veig amb cor. Qualsevol petit detall, per minúscul que sigui, em recorda la Laura. «Vindré un dia a ajudar-te a llençar tota la roba», em va dir la mare. «Com abans facis net, abans podràs començar una nova vida», encara afegia. Però com més m'esperonaven a fer el dol amb acceleració, més ganes tenia jo de refrenar-me. Recordo amb nitidesa el dia que ella va morir i al cap d'unes hores vaig arribar a casa. La novel·la que jo llegia en aquell moment —amb el punt de llibre situat a la pàgina 149— continuava allà mateix, sobre la tauleta. Aleshores em vaig plantejar com era possible llegir mig llibre amb la Laura viva i l'altra meitat amb la Laura morta. No, allò no podia ser. Era una broma funesta. Però n'hi havia d'altres, de bromes funestes. La cafetera que havíem fet aquell mateix matí continuava intacta, mantenint l'escalfor. El mocador de seda fúcsia que s'havia deixat sobre la cadira de vímet continuava reposant, impregnat de la seva olor de lavanda. Vaig deixar el mocador intacte, en la mateixa posició en què el vaig trobar, i vaig trigar gairebé un mes a poder-lo retirar. I així amb tots els petits objectes insignificants que amagaven una història que tenia a veure amb nosaltres dos. «Nosaltres». Quina paraula més adusta. Mai més no tornaria a existir un «nosaltres».

Endrapo un tros de caneló i em disposo a buscar informació de vital importància. No sé per què ho faig. Encara no. El cas és que tinc una curiositat que em mata. Escric el nom: «Marga Costas» (sé que la Juno porta el cognom de la mare) i el que em trobo és inaudit.

«Compleix condemna per delicte de sang».

«Va assassinar el seu company sentimental».

«Condemnada a vint anys de presó per un acte d'homicidi».

Encenc un cigarret amb les mans tremoloses. Fiblada de verí a la panxa. La mare de la Juno. Vaja...

Viatjo amb tren fent capcinades. Aquesta nit he dormit poc i malament. A intervals. La imatge de la Juno amb cinc anys sent separada de la mare em remou les entranyes. Me la imagino com si fos una pel·lícula que transcorre davant dels meus ulls. Plou. La nena està sola al balcó. Es gronxa a la vora de la barana en actitud temorosa. Una veïna alerta que hi ha una nena que ha estat tot el matí sola i sense moure's d'allà. Més tard la policia entra a la casa i la nena explica que la mare no ha anat a dormir en tota la nit. Ha sopat sola, un tros de fruita i un iogurt, i s'ha ficat al llit. En paral·lel, troben la mare en un descampat, amb les mans ensangonades i subjectant un cap... «Va, prou, Cesc», em dic a mi mateix. «Prou de cabòries». Em dirigeixo cap a l'aula.

Respiro fort i veig tota aquesta colla d'energúmens que a poc a poc van prenent posicions. El Claudi, la Carlota, el Roc, l'Èric, la Marina, la Natàlia, la Maria... Deu minuts més tard entra la Juno.

Camina balancejant el cos a banda i banda amb les mans a les butxaques dels texans. M'observa i em dedica una mirada que esgarrapa. S'asseu al seu pupitre i creua els braços com si vingués a passar el temps. Intento no fixar-me en ella i concentrar els meus esforços cap a la gent que sí que m'està escoltant. «Fes la classe per als bons i no pas per als dolents», em va dir l'altre dia el director Garrí. «Tu puja el nivell i fes que els altres et segueixin», encara va afegir. Però jo em plantejo si tot això és correcte. Realment em toca fer classe només per als bons? Què passa amb els distrets, o els que els costa centrar l'atenció, o els que tenen dificultats de conducta? Sovint tinc la sensació que la societat premia amb nota aquells que es comporten com una massa de grisos i que per força no criden gaire l'atenció. Però a la vida hi ha estridències, diferència, esquerdes... M'agradaria saber què opinaria el director Garrí si sabés que soc una esquerda en potència.

Intento concentrar-me en la classe («Vinga, nens, motiveu-vos!». Que fàcil que és dir la paraula i que difícil aplicar-la) i els demano que em mostrin el que han escrit sobre un dels darrers exercicis. «Què es diria de vosaltres el dia del vostre enterrament?». Com se'm va acudir? Realment tinc idees força curioses. Sempre he tingut un punt arrauxat, caòtic, d'improvisar... Al món de la publicitat això em funcionava. «Les idees de bomber», que en deia sempre la Laura. Però ara..., què passa, ara? El que em faltava! La Juno acluca els ulls i es posa a dormir. Així, pim pam. Bona nit. Com si fos la cosa més normal del món. Ronca!

Deixo que la classe transcorri amb tranquil·litat i intento fer veure que tinc la situació controlada. Així que deixo de banda la Juno —i els seus roncs, i el filet de bava— i demano a la Carlota que surti a llegir la seva redacció. M'agrada força, aquesta noia. Em facilita les classes, acostuma a fer comentaris interessants. Així que en certa manera delego en ella. Si sabés el que en el fons li estic demanant: «Sisplau, noia, aconsegueix que la resta de la tropa em respecti una mica...», al·lucinaria. Llegeix en veu alta:

—«Recordo la Carlota com una noia que va donar la seva vida per salvar el món. Va treballar en una oenagé i se'n va anar a l'Àfrica a ajudar els nanos d'allà a combatre malalties com la malària».

—Així és com et veus a tu mateixa, Carlota? —li pregunto.

—M'agradaria ajudar la gent més desfavorida, sí.

—Per això se m'apropa! —diu la Juno, fent veure que es desperta de cop.

—Juno, estaria bé que deixessis la ironia de tant en tant. No et fa cap favor, creu-me.

—I tu què saps? —balbuceja.

Li demano silenci, però em pregunto fins a quin punt no li hauria de marcar un límit definit. El «i tu què saps?» és una falta de respecte que segurament n'acabarà comportant una de més grossa. D'altra banda, penso que potser entrar en conflicte per aquest fet no és una bona decisió. Passo per alt el comentari i continuo fent com si no ho hagués sentit. Possible error.

—Roc, ara m'agradaria molt que ens llegissis la teva redacció —li dic per despistar.

No ho puc evitar, però em miro la Juno, que ara s'estira a la cadira amb els peus damunt de la taula. Horror. Faig veure que no la veig i intento centrar-me en la redacció del Roc.

—«Recordarem sempre el Roc com un noi tímid, generós, de poques paraules...

Algun estossec fora de lloc.

—...que va morir massa jove pel que hauria hagut de ser la seva vida...».

Silenci sepulcral a classe. Decideixo intervenir.

—Roc... per què dius que va morir massa jove?

—Es va suïcidar! —crida la Juno.

—Calla, Juno. Escolta, Roc, em pots dir per què has escrit això?

—No ho sé. He fet una ficció, una novel·la...

—D'acord, d'acord. Com a exercici de ficció està molt bé. Però suposo que, de la teva vida, n'esperes alguna altra cosa, oi?

—Pse, és clar...

—I què t'agradaria que passés?

—No ho sé, encara.

—Doncs ves-hi pensant, Roc. Segur que t'esperen coses molt bones.

La redacció del nano m'ha deixat de pedra. Sé que li diuen el Bola i que els amics es riuen d'ell des de fa anys. Em poso a la seva pell de nano tímid de catorze anys i m'envaeix una tristesa immensa. Intento pensar com puc donar-li un cop de mà per augmentar-li una mica l'autoestima. Però la Juno no em deixa. Ara es treu les sabates i es queda amb mitjons foradats d'estar per casa.

—Ara tu, Juno.

Veig que s'alça mentre fa veure que es treu les lleganyes. Em vacil·la.

—Jo no he escrit res, però ho tinc tot al cap —em diu.

—Al cap? L'exercici es basava a escriure-ho —li contesto.

Aguanta, Cesc, aguanta.

—No hi ha cap diferència.

—Sí. Sí que n'hi ha, de diferència. Quan penses, ets espontani, desordenes les idees. Quan escrius, en canvi, passes el pensament pel sedàs de la reflexió.

—Entesos, doncs jo no tinc res a dir.

—Un moment, Juno, aixeca't. Encara que no ho tinguis escrit, digue'ns què has pensat.

S'aixeca i fa veure que agafa un paper imaginari. Es mofa de mi. Busca la complicitat dels companys, els riures fàcils, la seva acceptació estranya...

—«Eps, com és que no ha vingut ningú al seu enterrament? Ha! No m'estranya, aquesta tia era tan rara... Robava, insultava, donava cops... fins i tot es va carregar una persona! No m'estranya que acabés sola i vivint sota un pont. Bé, millor que ho deixi estar. S'ha acabat. Que piri».

Es fa un silenci tens.

—Així serà el dia del teu enterrament? Diran tot això de tu? —li pregunto.

—Sí.

—La sala estarà buida?

Fa que sí amb el cap.

—No ho entenc. Però tu tens persones al món que

t'estimes. La gent del centre on vius, suposo. La teva educadora. La teva mare...

—No em parlis de la meva mare!

—Perdona, Juno, però segur que...

—Que no em parlis de la meva mare, et dic!

Quan diu la paraula «mare», les galtes se li encenen i els ulls se li omplen de foc. Tothom resta en silenci. De cop i volta, s'alça amb un estirabot i se'n va com un llamp cap a la porta. La darrera vegada que va passar una situació similar, va acabar anant amb moto per tota la ciutat. Demano als alumnes que s'estiguin quiets mentre segueixo els passos de la Juno. Sortosament, en comptes d'anar-se'n cap a la sortida veig que aquest cop enfila cap als banys. La segueixo pel passadís i li demano que s'aturi. Cas omís. Entra i es tanca dins d'un dels vàters. Entro sense vacil·lar.

—Juno, sisplau, pots sortir?

—No.

—Juno...

—Estàs al lavabo de les noies!

—I m'hi estaré l'estona que calgui fins que surtis.

—Fot el camp!

M'assec de genolls a terra deixant-me endur per l'olor de pixums. La meva mare ho hauria tingut clar. «Una bufetada a temps ho arregla tot, fill». «Si cal, fes ús de les amonestacions», m'ha aconsellat el director Garrí. La força, l'acció-reacció, la por... Cal que ho utilitzi? Sí, potser sí que és l'únic llenguatge que és capaç d'entendre. Continuo respirant fondo mentre em fixo en les guixades que hi ha a les parets. «La vida no mola», «Suïcidi col·lectiu, ja!», «El Garrí es folla l'Àngela». Em sorprèn que els alumnes escriguin frases tan sorprenents. El Garrí es folla l'Àngela? Se m'escapa el riure. Com es nota que els professors no entrem gaire —per no dir gens— als lavabos dels nostres alumnes. Torno a concentrar-me en la Juno. De cop, sento un rebombori al passadís.

L'Àngela entra als lavabos.

—Cesc, què hi fas aquí?

—La Juno s'ha tancat al lavabo.

—I els teus nois? Estan entrant i sortint de la classe.

—Ho sento, però m'he de quedar...

—Si surts de l'aula, has d'avisar un professor de guàrdia.

—Avisa'l tu, Àngela. Necessito parlar amb ella.

L'Àngela se'n torna al passadís (ai mare, no em vull ni imaginar el merder que s'haurà muntat allà fora) i jo em quedo assegut als lavabos. Contemplo la possibilitat de tornar a parlar amb ella, però finalment opto pel silenci. Un silenci voluntari.

I espero.

Espero un temps llarg.

Al cap d'uns minuts (no sé quant temps deu haver passat), veig que s'obre la porta i la Juno treu el cap com un pollet remullat.

Aleshores em fixo en un bloc de dibuix que du a la mà i que intueixo que és la seva arma.

—Deixa'm veure aquest bloc.

—No vull.

—Són els teus dibuixos?

—No n'has de fotre res.

Li agafo el bloc amb un gest ràpid i l'obro per la primera pàgina. Em quedo sense alè. «Au, cap a classe».

Assegut al balcó de casa, amb els peus penjant entre les reixes del balcó i una cervesa a la mà, fullejo el bloc de dibuix de la Juno. Passo una pàgina i una altra i en totes hi apareix més o menys el mateix. Color vermell. Vermell en excés. D'altra banda, hi surten elements estranys, com vies del tren, rostres desfigurats, cossos esquarterats o un conill de dimensions immenses. Els dibuixos són dignes d'un bon dibuixant de còmic. M'entusiasmen. Tenen un traç ferm, definit, que no dubta... D'altra banda, em desperten una estranya sensació de tendresa. Faig l'esforç d'interpretar el que simbolitzen, però no en trec l'aigua clara. M'obsessiono a entendre-ho. La seva història. Quan passes una pàgina i una altra sembla que s'hi intueix un mínim guió. La figura d'una nena/dona que va perdent les extremitats mentre un rostre indefinit sembla que l'observa. Tot plegat fa feredat.

Aleshores, mentre observo els paquistanesos que enraonen al carrer, just a sota, penso que és un greu error entrar en litigi constant amb la Juno. Tinc l'estranya sensació que com més m'hi enfronti pitjor resultarà. D'altra banda la noia té un talent... una petita finestra... Em pregunto si seria bo escalar fins a la finestra i colar-me per alguna de les seves esquerdes.

En aquest moment, sona el timbre i la portera Clarisa em porta un bol de gaspatxo per sopar.

—*Sin pepino, que a mi marido no le gusta.*

—Gràcies, Clarisa, és un àngel. De veritat que no l'ha enviat ningú?

Em somriu i em diu que demà em portarà un tàper de mandonguilles. Sí, deu ser un àngel, aquesta dona.

Classe. Cares de son. Una mosca. Agafo un dels dibuixos de la Juno i el projecto a la paret ampliant-ne la imatge. S'hi veu un ésser ambigu que ha perdut cames i braços. Em fixo en la Juno, que em mira expectant i amb el rostre desencaixat. «Tira endavant, Cesc», em dic a mi mateix. «Tira endavant amb el que t'has proposat. Ni un pas enrere».

—A veure, nois —els dic—. M'agradaria molt que us concentréssiu en el dibuix de la Juno.

—No hi tenies cap dret! —sento que diu la Juno.

Cas omís. Poso la directa.

—Nois, vull que tots opineu sobre aquest dibuix. Sobre aquest fantàstic dibuix. Què hi veieu, aquí?

—Guixots.

—No fa gràcia, Claudi. Tingues una mica d'imaginació, sisplau —li dic.

—Jo hi veig una massacre! —la Carlota.

—Exacte. Què més?

—Sang! Cossos esquarterats!

—Dolor.

—Guerra.

—Jo hi veig una mare que pateix...

El rostre de la Juno es mou entre el desconcert i la sorpresa. Agafo les regnes de la classe.

—El que jo veig aquí és talent... una dosi molt important de talent —afirmo.

—És bo! —diu el Bola.

—Molt bo! —insisteixo—. El que us vull dir, nois, és que l'art, sovint, ens permet expressar allò que som incapaços d'expressar amb paraules. La Juno avui ens ha parlat d'ella mateixa i del seu talent innat pel dibuix. Tens un gran talent, Juno. Et felicito.

El seu rostre es trenca en bocins com si mai a la vida li haguessin fet un elogi. Abaixa el cap, indecisa. Decideixo avançar un pas més. I accelero.

—Ara, voldria que ens expliquessis una mica què vols expressar amb aquest dibuix.

Veig que el seu cos s'arqueja. Una vena vermella se li marca al coll. Les galtes rogenques.

—Torna-me'l —em diu.

—Per què no ho intentes?

—Ets un merda, tio!

Exclamacions generals. La noia s'aixeca i se m'encara.

—Tothom en aquesta escola pensa que ets un merda! No tens ni idea de fer classes. Tothom se'n fot de tu.

—Fes el favor de respectar-me, Juno.

—Torna'm el bloc ara mateix.

—Si et tranquil·litzes...

—Que em tornis el bloc, fill de puta!

Abans que acabi la frase, s'alça d'una revolada i em clava un cop de puny. Paf! En tota la galta esquerra. Cou, cou, cou... S'obre la porta i entra el director Garrí.

—Eps! Què són tots aquests sorolls?

—Res... —contesto—. Tot controlat, tot controlat...

Silenci glacial al despatx de direcció. El director Garrí ben aferrat als braços de la cadira, la subdirectora Àngela amb la boca torta, la Juno abaixant el cap i tocant-se la punta de les vambes, jo amb la galta que em cou, em cou, em cou, em cou.

—Hem arribat a un punt intolerable —afirma el director Garrí adreçant-se a la Juno—. Ho sento, però no podem acceptar de cap manera que peguis a un professor.

—És inadmissible —diu la subdirectora Àngela—. Això ha superat un límit.

—Així que, sentint-ho molt, Juno, t'haurem d'expulsar un parell de dies de l'escola. I volem que reflexionis sobre el que has fet. Que hi reflexionis seriosament.

Sento una mena de calfred al cos. La Juno abaixa el cap i ni tan sols el mira. Ni a ell, ni a l'Àngela, ni a mi. Les distàncies s'han convertit en abismes. Abismes i penya-segats. La situació es torna insalvable.

—Un moment —m'atreveixo a dir.

La Juno alça el cap, estranyada.

—Si voleu fer-la fora a ella, també m'haureu de fer fora a mi.

El director i l'Àngela m'observen amb els ulls esbatanats.

—He estat jo qui li ha pres el dibuix. I no ha estat una bona idea. Així que et demano disculpes, Juno.

Una pausa llarga. El director es col·loca bé les ulleres de muntura vermella i esbossa un somriure. Un somriure que fa por. L'Àngela nega amb el cap i s'escura la gola.

—Perdona... —intervé de nou el director—. Si ho he entès bé, li estàs demanant perdó a la teva alumna per haver-te clavat un cop de puny?

—No. Li estic demanant perdó per haver-li agafat el bloc de dibuix sense el seu consentiment. Ho he fet per donar-li un cop de mà, per demostrar-li que té talent. Però no, no ha estat una bona idea.

Es crea un silenci tens que sona com un plat estavellant-se contra la paret. Començo a pensar que l'he cagat i que m'hi estic jugant la feina. «Però què fas, Cesc, què fas?», em dic a mi mateix. Si ara em veiés la Laura em diria que m'estic equivocant. Jo i les meves sortides inoportunes. Jo i el meu caràcter expeditiu.

—Pots marxar, Juno —diu l'Alfons arrossegant les paraules.

Un cop a soles, veig que el director prem el puny esquerre. Ho fa com si volgués esclafar un ou i esmicolar-lo fins a convertir-lo en pols.

—No m'agrada gens que em contradiguis, Cesc.

—Perdona, Alfons. L'únic que dic és que em sembla injust que li toqui el rebre a ella quan...

—Perdona, quants anys fa que ets professor, Cesc?

—Cap.

—D'acord. Perquè si vols et dic els que fa que ho soc jo: vint. Vint-i-tres, per ser més exactes. I he tractat amb molts adolescents. Molts.

—D'acord.

—Aquest cop te la deixaré passar, Cesc. A veure com t'ho fas per resoldre la situació.

—Ho resoldré. Gràcies.

—Però et recordo que no m'agrada gens que em contradiguin. Som un equip. No ho oblidis. I que no torni a passar. No pots actuar per lliure. Límits.

Em disposo a marxar quan la veu del Garrí torna a interpel·lar-me:

—Cesc!

—Què?

—M'han explicat això de la teva dona. Em sap greu, de debò. Però intenta no barrejar les coses...

Em palpo la galta esquerra, que encara em cou, em cou, em cou... M'ha fotut un revés dels bons, la malparida. Es nota que amb la seva força podria carregar-se'n a quatre com jo. Deixo la bossa de pèsols congelats i me'n vaig cap a l'habitació. Al meu voltant, caixes i caixes que sembla que m'estiguin contemplant. Per uns moments, me les imagino amb ulls i boques i nas, al més pur estil d'un còmic Manga. «Estàs fatal, tio», em dic. «La feina de professor t'està fent embogir». No entenc això de la gent que arriba a casa i «desconnecta» així com així. Jo no puc desconnectar dels meus alumnes. I qui diu «alumnes» diu la «Juno».

M'apropo a una de les caixes, que sembla que m'estigui cridant. L'obro amb delicadesa i de dins en trec una colla de jerseis i camises de la Laura. A París, al nostre petit barri de Saint Germain de tant en tant feia fred i ens abrigàvem amb jerseis per estar per casa. Ella era molt fredolica. Pell suau i fredolica. Escullo una camisa —blava, sedosa, vaporosa— i l'ensumo ben fort. Aspiro el teixit i tinc la sensació que esnifo una petita part de Laura. No puc. Torno a deixar-la al seu lloc i em sento més sol i abandonat que mai.

Passa el temps.

No sé què fer...

Nova calada...

Minuts més tard, surto amb tres caixes amb la intenció de llençar-les al contenidor. En tancar-se la tapa, una tristesa immensa m'aclapara i he de tornar a ficar el cap a dins per recuperar tot el que és meu. Meu. I em quedo així, amb els peus penjant. Mig cap dins del contenidor, i mig cos enfora... Una mica com la meva vida. Mig cos enfora.

Al cap d'una estona, truco al timbre de la portera Clarisa.

*—Hola, Francesc, ¿tú por aquí?*

Em deixa passar cap dins i conec el seu marit José i els seus tres gossos petaners. I m'hi quedo. Estarrufat al sofà, amb la meva nova i curiosa família. A fora, al carrer, sento que el món encara palpita.

# JUNO

Fa un quant temps que soc aquí i la cosa ha anat mitjanament malament. O, més ben dit, depriment. Una catàstrofe. Ha! Me'n foto de les amistats per a tota la vida. Amics. Quina paraula més fastigosa. Em provoca una hemorràgia interna només de sentir-la esmentar. També n'hi ha d'altres que em provoquen unes ganes terribles d'anar a cagar com ara «relació», «amor», «amistat», «empatia» i tota la pesca. Ara mateix, travesso el pati i veig una coreografia que «d'amistat» en té ben poca. El Bola menja el seu entrepà de fuet mentre el Claudi i el Litus se'n riuen des de la distància. Covards. Un dia d'aquests els trencaré la cara. Ho juro. Ganivetada i fora. El Claudi ve cap a mi.

—Ei, voldràs venir a una festa a casa meva? —em pregunta.

Premo el puny dret a l'estil antagonista.

—Divendres que ve. Hi haurà birretes, menjar...

—Et fa gràcia convidar una *homeless* a casa teva per Nadal?

—Però què dius? —Se'n fot de mi—. No pots parlar com una tia normal?

—No.

Avanço a pas ferm i em creuo amb la Carlota al passadís-corredor de la mort. És pesadeta, la pobra. Em diu no sé què de dinar juntes i li parlo dels mosquits albins.

Més tard, a l'aula, el professor Cesc entra amb el pòmul inflat i arrossegant els peus com un pusil·lànime. Una meravellosa imatge de «bon dia».

—Hola a tothom. —Gran tòpic.

Quina deu ser la seva vida privada? Deu ser el típic quarantí amb una vida de parella d'allò més avorrida. «Cesc, canvia el bolquer del nen, que s'ha fet caqueta». «Cesc, què et sembla si passem el cap de setmana a casa dels meus pares?». El que no entenc és per quin motiu em va defensar. Li vaig fotre una bona hòstia! En tota la cara, plaf! A més, hi tenia molt a perdre, ell. Se'n podia anar al carrer, igual que jo. Però, tot i així, em va demanar disculpes. No entenc per què ho va fer. És ben estrany, aquest paio. No l'entenc...

Ens demana que ens situem en grups i que ens disposem a fer un treball per parelles. Així que arriba el moment més temut. Els companys comencen a organitzar-se i...

—Jo vaig amb el Claudi!

—Jo amb el Litus!

—Jo...

Moment perfecte per aclucar els ulls. És el meu fort. Passo.

Més tard, el professor Cesc és al seu despatx parlant amb l'educadora Paula. M'ha dit que m'esperi a fora; pel que es veu vol parlar amb mi. Mentre espero al passadís fent voltes, veig la subdirectora Àngela que custodia la porta. Em fa gràcia el fet que, des que he arribat al centre, el funcionament hagi començat a canviar. El professor Cesc pateix com un cabró a les classes, la subdirectora Àngela es dedica a fer de conserge, el director Garrí pren pastilles per controlar l'ansietat. Al cap d'un moment s'obre la porta i em fan passar cap dins. Es tracta d'un despatxet molt més petit que el de direcció. Completament blanc i sense cap element d'atrezzo que ofereixi un mínim punt de personalitat. Ni carpetes amb les inicials, ni fotografies personals, ni cap quadre d'una natura morta... Un lloc de pas. Curiós. Una maleïda autopista.

—Juno, com estàs, bonica? —em saluda la Paula, forçant un somriure.

—Seu... —em diu el professor Cesc—. He fet venir la Paula per xerrar una estona.

—Per què? —pregunto a la defensiva. Ganivet a punt.

—Tinc ganes de donar-te un cop de mà, Juno.

Resto callada.

—Mira, jo soc nou en tot això. És el primer cop a la meva vida que faig de professor. Per ser-te sincer, no m'havia trobat mai en una situació així.

—Ja es nota, ja —me'n foto.

—Però crec que podem trobar la manera de resoldre-ho.

Em tronxo.

—Escolta, Juno, tant la Paula com jo creiem que t'aniria molt bé tenir una amiga.

—No vull tenir amics.

—Tenir amics és bo, Juno. Dona'ls una oportunitat.

Oportunitat. Maleïda paraula. No pot ser més tòpica, la gent, quan parla.

—Una noia de la classe, la Carlota Fabregat, ens ha dit que li agradaria molt fer el treball amb tu. —Pausa llarga—. Per què no ho intentes?

—No.

—Per què no, Juno? —La Paula.

Em venen ganes de posar-me a plorar.

—No.

—La teva mare vol que tinguis amics.

Alço el cap en posició d'alerta.

—Vaig parlar amb ella l'altre dia —em diu la Paula—. Vol que tinguis amics, que siguis feliç.

Se'm fa un nus a la gola. L'estómac em crema.

—Algun dia hauràs de deixar-te estimar una mica, Juno —afegeix la Paula—. A mi m'agrada com ets. M'agrada molt.

—I a mi també —diu el professor Cesc.

Abaixo el cap en sentir aquestes paraules. No. No ho puc suportar. M'enganyen, ho sé.

Entro al pis de la Carlota penedint-me en tot moment d'haver acceptat la petició. Es tracta d'un pis del barri de Sant Gervasi, sorprenentment sense jardí, sorprenentment sense piscina, i sorprenentment sense serventes equatorianes que et serveixen caviar dia sí i dia també. La Carlota m'ensenya la seva habitació, farcida de copes i medalles de gimnàstica artística —que sí, que segur que ets molt bona, tia!—, i tot seguit em mostra un suro ple de fotografies. Felicitat ensucrada. La malparida ha estat a Copenhaguen amb la seva família, a Berlín amb la seva família, a Londres d'intercanvi, a Nova York amb els seus avis... Em fixo en una fotografia ampliada, on es veu el pare alt i rodanxó, la mare pèl-roja com ella, i un germanet petit que mira a càmera tot somrient.

Un gos amb un ull borni ve a llepar-me els peus.

—És el Benvi —m'explica la Carlota—. De «Benvingut». Ens el vam trobar un dia pel bosc i vam decidir adoptar-lo.

—T'agraden els casos perduts com jo.

—No sé per què ho dius. M'agrades tu. M'interesses...

—Jo? I què et sembla que tinc d'interessant?

—La teva vida. Segur que ets molt més madura i aguerrida que molts nois de la nostra edat.

—No tens amics, tu, a l'escola?

—Sí. Però darrerament em cansen una mica els seus temes de conversa...

—I has decidit anar-te'n a fer un treball de camp.

—Maleït treball de camp. No em pot agradar estar una estona amb tu?

—No.

Més tard, mentre devorem un entrepà i googlegem una mica, comença l'interrogatori flagrant.

—Sempre has viscut en centres d'acollida, tu?

—Psí...

—Des que eres petita?

No la suporto.

—I no trobaves a faltar tenir una família? Vull dir: com ho has portat? Com es viu allà dins? M'hi portaries algun dia?

—Si no calles, et fotré una hòstia que et faré saltar totes les pigues de la pell.

—Entesos, perdona, perdona.

La resta de la tarda ens la passem escoltant música i parlant de nimietats que no interessen a ningú. El Benvi em llepa la planta dels peus i li clavo una puntada que una mica més i l'estampo contra la paret. Aleshores, la mare de la Carlota ens proposa agafar el cotxe i anar a passejar el gos per la muntanya. Insòlit.

Com si m'haguessin teletransportat a un altre món, em trobo caminant per la muntanya, amb el pare de la Carlota, la mare, el germà petit i el coi de gos que no para d'ensumar-me els peus. Em sorprèn que es posin a cantar i que de tant en tant diguin alguna paraulota. El pare de la Carlota utilitza paraules com ara «malparit», «cabró» o «fill de la gran puta», que em fa sentir la mar de còmoda. Agafem un camí secundari i el germanet ens proposa fer una cursa. Surrealista. No sé com, em trobo corrent, i guanyant, i estirant-me pel camp i rebolcant-me per terra, i fent-me pessigolles amb la Carlota. Per uns moments, em sento bé assaborint la sensació de llibertat. M'agradaria que la mare fos aquí amb mi. Ja sé que ella és més de mar, d'onades, de sorra..., però estic segura que també li agradaria molt aquest paisatge. Tot d'una veig una imatge insòlita. El germanet cau a terra i la mare corre a agafar-lo. Segons més tard, la Carlota se'ls uneix i es queda penjant del braç de la mare.

De cop, els veig allà junts, abraçats, estampa fatídica, i plafff, bufetada a la cara. Una mena de coïssor se m'instal·la a la gola.

Més tard, a casa, la mare em serveix un plat de mandonguilles amb sípia per sopar. Han insistit que m'hi quedés i m'han dit que després m'acompanyarien al centre.

Agafo una mandonguilla, estic a punt d'engolir-la quan... vomito damunt les estovalles.

La Carlota i els seus pares m'observen alarmats.

—No passa res, Juno —diu la mare, començant a recollir—. Si no t'agrada ja et prepararem alguna altra cosa, bonica. No passa res...

He insistit molt perquè em deixessin tornar sola al centre. Maleïda família. Què s'han pensat. Fa segles que vaig sola amunt i avall, jo. Sé perfectament com espavilar-me. Ja m'imagino la conversa posterior, ja: «Ai, pobra nena, està molt malament del cap». I més tard: «No vagis més amb ella, Carlota, busca't altres amistats...». Miro al meu voltant i veig els carrers buits. M'embolcalla el silenci. Una ombra es projecta sobre una vorera formant una mena de drac. Intento apressar el pas i dirigir-me cap a l'estació més propera. De cop, sento unes passes que em segueixen. Em giro a l'instant i em sembla veure un lleu moviment entre els arbres. Apresso encara més el pas i avanço en direcció a un carrer més transitat. Por. Aleshores començo a sentir el so del tren que s'apropa i s'apropa... Les vies, els fars que m'enceguen, el xiulet agut. Em giro i desapareix. No, no hi ha cap tren. Cap moviment imperceptible. Les cames em tremolen i em ve un pensament al cap.

Algú m'està seguint.

Algú em vol fer mal.

Corre, Juno, corre.

Surto de classe esquivant la Carlota. Escopinada a terra per marcar posició. «Play» i escolto Adele desconnectant-me del món. M'encanta la seva veu, mig timbrada, mig melosa, mig de no sé què. Em deixo arrossegar per la lletra, que em teletransporta a una platja deserta. «*Wait, do you see my heart on my sleeve? It's been there for days on end and it's been waiting for you*». Noto un copet a l'espatlla. Em giro i veig el professor Cesc.

—Ep! Com et va amb la Carlota?

—Malament.

Continua caminant al meu costat, com si jo no li fes nosa.

—Puc caminar amb tu o et posaràs a cridar una altra vegada?

Em trec l'auricular de l'orella i me'l quedo mirant fixament.

—Escolta, per què vas dir tot allò? —li pregunto.

—El què?

—Vas fer que no m'expulsessin. Em vas defensar davant de la direcció.

—Creia que no era just...

L'observo sense entendre res. Continua al meu costat, impassible.

—Ei, tu no deus ser un pederasta o un violador, oi?

—Juno, per favor.

—I un caníbal?

Més tard, passegem pels carrers envoltats d'un gran silenci. No sé per què permeto que segueixi al meu costat. Però ho permeto. En el fons em sembla un paio inofensiu... És clar que potser m'equivoco. I acabaré esquarterada en un contenidor del port. Tirem carrer avall, sempre avall... entre botigues i grans avingudes. Quan arribem al centre m'aturo en un establiment i em compro un tros de pizza i una cervesa. Insisteix a pagar ell, però li dic que les dones som autosuficients i que ningú ens ha de tractar amb superioritat. Està a punt de donar-me un consell sobre l'alcohol, però el faig callar amb un gest desagradable. No entenc per què es queda aquí, encara. Aquest paio no té un processament mental normal. M'imagino què diran els seus amics el dia del seu enterrament: «Era un tio estrany. Ningú no en sabia res, de la seva vida. Fins que un dia van descobrir que matava noies adolescents i després se les cruspia. Qui ho hauria dit, oi, que fos un caníbal? I mira que semblava bona persona. El veí perfecte...».

Arribem fins a Montjuïc i li dic que ja ens veurem un altre dia. Em pregunta què hi faig aquí i li dic que m'agrada situar-me en zones altes per poder observar les vistes de la ciutat. De fet, menteixo una mica. M'agrada situar-me en zones altes per poder observar la mare des de diferents angles. La carretera de Collserola, el mirador de Vallcarca, el Parc del Putxet, l'estadi de Montjuïc, els búnquers del Carmel... Arribem al mirador de Montjuïc i salto dalt de la barana. De teló de fons, el port amb els vaixells de càrrega i descàrrega. L'estàtua de Colom s'alça imponent. S'asseu al meu costat i s'encén un cigarret.

Ens quedem tots dos així durant uns instants.

Mirant l'infinit.

La vida...

La fressa que ens embolcalla.

—Tens un cigarret? —li pregunto.

—No em diguis que tu... —Fa amb ulls esparverats. Està a punt de dir-me alguna cosa, però en el darrer moment veig que rectifica—. Res, no et dic res.

Me'l miro impertèrrita i li dic que no em penso morir d'un càncer. Veig que torça el llavi d'una manera estranya i després es queda penjat d'un «nuvolet» estrany. Me'l miro amb deteniment. Ves a saber quina deu ser la vida d'aquest home.

—Escolta, què fas aquí amb mi? —li etzibo.

—Encara que et costi de creure... vull ajudar-te.

—Ajudar-me tu a mi? Ets un antiheroi.

—Què?

—Un pusil·lànime, un pallasso, l'home sense rostre...

—Endavant, pots continuar, si vols.

—Tens... tens a la mirada un no sé què estrany...

—Ah, sí?

—Sí.

—I tu com ets, Juno?

Silenci. Intenta provocar-me, però no cedeixo ni un pam. No responc, no responc, no responc.

—Mira, Juno, no ets l'única al món que s'ho passa malament.

—Sempre estàs sol?

—Em veus sol?

—Sí.

—Potser tens raó. Suposo que m'agrada estar sol.

—No. A ningú li agrada. Hi estàs perquè no tens més remei.

—Potser sí.

—I la noia rossa de la fotografia?

—La fotografia que em vas robar?

—Tu em vas robar el bloc.

—D'acord... —Fa una pausa i s'empassa la saliva—. La noia... era la meva dona...

—I?

—Es va morir.

Silenci feixuc. Em mossego una ungla. No m'atreveixo a dir res.

—Com veus, tots tenim els nostres problemes, Juno. No només tu.

Torno a atacar.

—Els *pijos* de l'escola, no.

—I tant que tenen els seus problemes. Només cal que observis una mica la classe. No ets l'única al món que s'ho passa malament.

—Escolta, això de ser professor no t'agrada gaire, oi?

—Com?

—Ho fas com el cul.

—Ja hi tornem...

—Ningú t'escolta!

—No és veritat. I d'acord. Potser he de millorar una mica... Com tothom a la vida. Però em dono a mi mateix una oportunitat.

—Oportunitat, odio aquesta paraula.

—La negues.

—L'odio.

—I potser també la negues una mica, oi?

M'acabo la cervesa d'un glop i li agafo la seva. Alcohol lliscant per la tràquea. Barrejant-se amb les croquetes vomitives del dinar. M'encanta. Començo a anar entonada.

—Escolta, això del dibuix... T'hi hauries de dedicar seriosament... —diu el pusil·lànime.

—És una distracció i ja està.

—Des de quan els fas?

—No ho sé... Des de petita.

—Potser valdria la pena que t'ho prenguessis més seriosament. Hi ha acadèmies d'art magnífiques que et podrien ensenyar...

—A la merda, les acadèmies d'art! No em vinguis amb històries. La gent com jo no fa exposicions de pintura. La gent com jo recull els vomitats de les exposicions, que és molt diferent.

—Vaja, és una llàstima. Desaprofitaràs tot aquest talent. Només era una idea...

Callo i m'empasso la saliva.

—Saps que et podria denunciar si em sortís dels ovaris?

—No ho faràs.

—Per què?

—Perquè en el fons no et caic tan malament. Fa més d'una hora que parles amb mi.

Faig un bot de la barana i em poso bé els texans amb la intenció de marxar. Se'm queda mirant assegut a la barana.

—No tornarà a passar! —el desafio.

—Eps, abans que te'n vagis... la fotografia, Juno!

Em trec de la butxaca la fotografia arrugada que li vaig robar. La Laura. La seva estimada dona. L'hi ofereixo amb un gest de menyspreu.

—I no em segueixis més o avisaré la policia —l'adverteixo—. Pedòfil!

Em pregunto si els coreans que tenen bombes atòmiques podrien llançar-ne una per aquí i destruir la meitat de la població. El Cesc, l'escola, els *pijos*; tot rebentat. Distopia en estat pur.

La mare em mira amb ulls de paper de vidre. Té el rostre esblaimat com si li haguessin arrencat la pell amb una excavadora i n'hi haguessin deixat un tros ple de forats. Tot i així es mostra somrient. Té ganes de conversa, avui. De tant en tant, totes dues mirem el rellotge que hi ha penjat a la paret, pendents que no se'ns acabi el temps. Merda de temps. No ho puc suportar. Quan estem a punt de dir-nos les coses més interessants... «Ho sento, s'ha acabat el temps, fins un altre dia».

—Així que tens un professor curiós —em diu ara la mare.

—Està sonat.

—Es porta malament amb tu?

—Li vaig fotre un cop de puny.

—Juno! Quines ocurrències.

—El que no entenc és que a sobre el tio em va defensar.

—Com?

—No ho sé... Jo tampoc no ho entenc. Sembla preocupat per mi.

—Potser és bona persona...

—Tu creus que hi ha bones persones al món? —Em costa dir-ho—. Bons homes?

La mare torça la boca fent un gest amarg. S'empassa la saliva.

—Potser sí, filla.

—Tu no vas tenir gaire sort...

—No hi pensis.

M'apropo a la mare i li escruto els ulls. No sé si dir-l'hi o no. No vull amoïnar-la, ni fer-la patir, i encara menys fer-la sentir culpable.

—A vegades em sembla que el veig... O el sento...

—És mort, Juno.

—Ja ho sé, ja ho sé. —Pausa i m'escuro la gola—. Però algun cop l'he somiat. Fins i tot em sembla que el veig pels carrerons...

—Prou, Juno. No em parlis més d'aquell malparit. Oblida'l.

—I què passa si resulta que no m'ho trec del cap?

La mare se'm queda mirant amb cara de pena. Arqueja el cos cap a mi i m'agafa amb cura la barbeta.

—Bonica, tot allò ja va passar. Estem bé. Ara només falta que jo pugui sortir d'aquí.

—Tu creus que sortiràs?

—És clar.

—Fa temps que m'ho dius i no surts mai.

—Ja et vaig dir que el guàrdia amic meu em va comentar...

—Però quan? Quan? Quan? Quan sortiràs, mama?

Una llàgrima se m'encalla al coll. Barrera. La mare abaixa el cap. No té respostes. Com un autòmat, trec de la bossa un dibuix d'una caseta a la platja i l'ofereixo a la mare. Fa temps que l'arrossego amb mi. Tot i així, la tinta s'ha corregut i el paper s'ha esquinçat per una de les puntes. La mare l'observa i em diu alguna cosa així com «És preciós, Juno, la nostra caseta al mar, plena d'onades, de sorra, de para-sols...», però ja no l'escolto.

Soc al pont de Vallcarca contemplant mitja ciutat. Retalls de cases sota un cel blau. Jo dalt del pont. Intentant traçar un camí que em porti fins a la presó de la mare. «Et trobo tant a faltar, mama. Per què no surts d'una vegada i tornes a estar amb mi? I així podrem anar a viure al mar, i deixar enrere les distàncies, i la presó, i el drac, i els maleïts companys de classe que a sobre es riuen de mi... Torna, sisplau, mama, torna». Faig un bot fins a la barana i començo a fer equilibris com si fos al circ. Uf, diria que vaig una mica beguda. M'agrada la sensació d'imaginar que floto com una fulla al vent. O no, res de fulles al vent. Floto com una bossa de plàstic. Com una puta bossa de plàstic. La gent em mira i comença a témer per la meva integritat. «Tranquils, nois, tranquils, que no tinc cap intenció de suïcidar-me». Situo un peu davant de l'altre fent equilibris. La ciutat als meus peus. Inspiro. Em sento una funàmbula. No sé si prefereixo els ponts o els trens. O totes dues coses. Risc. Sota els meus peus, el precipici.

Surto de l'escola després d'un dia d'avorriment total. Em poso els cascos i em trasllado a l'instant a la meva realitat paral·lela. Esquivo el malparit del Claudi, la pàmfila de la Carlota, l'assetjat del Bola, el submís del Litus i vaig a la meva. Sempre a la meva. Sense fre ni aturador. Què faré, avui? Robaré una moto? Baixaré al port a contemplar les onades? El pont? Les vies del tren? El mirador de Collserola? Tota la vida de «fes el que vulguis, perquè tot el que facis et sortirà malament». Així que, per què esforçar-m'hi?

—Juno, com va?

Em giro i veig el professor Cesc. Un mort vivent. Quina mandra que em fa, aquest home.

—Un altre cop tu?

Em torno a col·locar els cascos i faig veure que vaig a la meva.

—Escolta —m'interromp el Cesc—, vull ensenyar-te una cosa.

L'observo amb mirada atònita. Em pregunto per què vol estar al meu costat. Per què no desisteix, encara.

—Segur que no ets un pedòfil?

—No.

—I un assassí?

—Un assassí, potser sí...

No sé com —dec estar en hores baixes—, em trobo caminant un altre cop al seu costat. Reconec que, estranyament, la seva presència no m'incomoda. En el fons sé que no és perillós. Més aviat fa petar de riure. Pobre tio. És un *looser*. Segur que des que la seva dona va morir, no ha estat capaç de remuntar la seva vida. I com a professor és un absolut desastre. És clar que comparat amb els altres reconec que m'agrada més. Com a mínim no m'adormo del tot a les seves classes. Tot i que ho intento dissimular tant com puc. No vull aixecar sospites.

Arribem a una plaça plena de *skaters* que van amunt i avall amb el seu patinet. Zis, zas, pirueta i caiguda lliure. De cop m'aturo en sec i me'l quedo mirant.

—Ei, què carai vols? No és just que no sàpiga res de tu —li dic.

—Què vols saber?

—Per què em segueixes, d'on carai has sortit, per què et dediques a fer de professor si resulta que en el fons ets publicista...

—Tens raó... —Es rasca la barbeta—. La meva vida ara mateix és una mica... complicada.

—Enyores la teva dona?

Fa que sí amb el cap.

—Tots enyorem algú... Tu també, oi?

Callo.

—Què més vols saber de mi?

—T'agrada fer de professor?

—Ho estic descobrint. Per a mi és tot un repte...

—Soc jo, el teu repte? Ei, perquè si necessites fer un treball de camp, amb mi t'equivoques...

—Treball de camp? No pot ser que algú es preocupi per tu, Juno?

M'empasso la saliva. Un parèntesi suspès a l'aire. Ara agafa la motxilla que du penjada a l'esquena.

—Tinc una cosa per a tu —em diu, tocant-me per un moment l'espatlla.

Me n'aparto amb un gest brusc. No suporto que em toquin. Cap home.

—Tranquil·la, Juno. Què et passa?

—Res.

Aleshores es treu quatre esprais de la motxilla. N'hi ha un de color verd, un de vermell, un altre de groc i, finalment, un de blau. Me'ls miro tots quatre amb cara de sorpresa. Els ha comprat per a mi? No, no m'ho crec. Valen una pasta.

—A quatre carrers d'aquí hi ha una paret collonuda per fer tots els tags i grafits que vulguis.

—Però... això no és il·legal, senyor professor?

—Absolutament il·legal, Juno.

Som en un parc més aviat rònec. Amb quatre matolls morts, una paperera plena de brossa i unes quantes llaunes de cervesa escampades per terra. Davant meu, una paret s'alça imponent amb quatre guixades. Sembla una tela en blanc. Una tela que desitja ser pintada. M'apropo a la paret i enganxo el nas al guix com si volgués olorar-la. Acaricio la textura rugosa i m'imagino que m'hi capbusso, que m'hi perdo, que m'hi rebolco, que hi entro per no sortir-ne mai més. Agafo l'esprai aiguamarí i començo a dibuixar una llàgrima. Uauuu... La sensació de llibertat és màxima. Aleshores agafo l'esprai vermell i pinto la llàgrima de sang, roig, dolor. Em capbusso en el dibuix per convertir-me en taca.

Quan alço el cap —no sé quant temps ha passat—, el cel s'ha tornat rúfol. Em giro i veig el Cesc assegut en un banc, cigarret en mà, observant-me com una estàtua. Em pregunto per què ho he dibuixat una altra vegada. Davant meu, les vies del tren, una dona amb una llàgrima; al costat, éssers mutilats, extremitats perdudes, cares que vomiten crits, i el conill, sempre el conill, amb les orelles llargarudes. El Cesc s'apropa i comença a aplaudir. Fort, ben fort. Llavors se'm queda mirant i em parla a cau d'orella.

—Qui et va fer mal, Juno?

—No... Ningú em va fer mal...

—Si et va passar res m'ho pots explicar.

—A mi no em van fer res.

—Segur?

Recullo els esprais i arrenco a córrer.

L'habitació és a les fosques. No puc dormir. La conversa amb el Cesc m'ha alterat més del compte. «Què t'ha passat?», m'ha preguntat. El fill de puta m'ha manipulat perquè li expliqui el que sé que no vull explicar-li. Com se li acut preguntar-me tan directament per la meva vida? A ningú li importa el que m'hagi passat! A més, si l'hi hagués d'explicar a algú, a la darrera persona al món a qui ho explicaria, per descomptat, seria a ell. Hauria d'haver intuït abans el que es proposava. Els professors que es fan els simpàtics. Els que van d'enrotllats. Els manipuladors. Dels homes no me'n refio ni me'n refiaré mai a la vida.

Miro a través de la finestra i veig un bloc de pisos amb retalls de vida. Una mare posa a dormir el seu fill i qui sap si li explica un conte. Imatge fastigosa. Obro la finestra i esnifo tot l'aire contaminat. Sento la brisa dels arbres. Trec un peu per la finestra i calibro bé les distàncies. No és la primera vegada que ho faig ni la primera que em descobreixen. La veneçolana que dorm al meu costat —no sé ni com et dius, ho sento!— m'observa amb ulls esfereïts.

—Tsssst —li dic tot picant-li l'ullet.

—Me'n deus una —em contesta ella.

Vagarejo per la ciutat. M'agrada aquest verb: «vagarejar». Sinònim de passejar sense rumb, de no tenir destinació, de «no tens ni idea d'on et dirigeixes, Juno». És divendres. Divendres a la nit. Al meu voltant, gent que va amunt i avall, rialles fortes, locals que vomiten música. De tant en tant, algú em mira estranyat com si hagués vist passar una extraterrestre. Em fixo en la indumentària poc apropiada per sortir de marxa —texans desgastats, samarreta vella— i decideixo entrar en un centre comercial per *tunejar-me*. Agafo un pintallavis fúcsia i, a continuació, em pinto la ratlla dels ulls d'un color negre intens. Em guardo el pintallavis i el llapis d'ulls. Agafo un perfum car d'última hora i..., au, fora.

Més tard, no sé com, em trobo ballant a la pista d'una discoteca. M'encanta la sensació de barrejar-me entre la multitud i actuar sense que ningú em conegui. L'anonimat. El poder tornar a començar. M'invento un personatge sense cap passat recriminable. Algú em passa marihuana i jo dic «sí, gràcies». Aleshores, entonada com vaig, recordo les paraules que temps enrere em va dir el Claudi: «Vols venir a la meva festa, Juno?». I encara va afegir: «Hi haurà birretes, menjar... T'hi apuntes?». Em moro de ganes de veure com es diverteixen els nens de papà que viuen amb serventes equatorianes. Per què no? Per què no anar-hi?

* * *

Arribo a un carrer solitari de Pedralbes. De fons, música vulgar i crits d'adolescents. Deu ser aquí, n'estic segura. Salto la tanca que protegeix l'estança i en dos segons ja soc a dins. M'apropo al lloc dels fets des de la distància. Uauuu... el jardí estil camp de futbol és acollonant. I al mig hi ha una majestuosa piscina. I, encara més a la dreta, un petit camp de golf... i encara més al lateral, una pista de tenis. Dono una llambregada a la gent que es mou pel jardí —tots entonats, parlant de banalitats, «que si aquest és el més popular, que si aquesta m'agrada»— i em colo dins de la casa per una porteta del darrere. La de la serventa equatoriana, penso. Avanço per una gran sala plena de sofàs amples i llums de disseny. Al mig del saló, un tigre dissecat. Hòstia! Li fico la mà a la boca i hi entaforo el cap per veure si se'm cruspeix d'una mossegada. Molaria. Així acabaria amb tot i enterraria els meus patiments per sempre. Llàstima que estigui dissecat, el paio. I encara que li rasqui les dents i la llengua i la campaneta, sembla que no es mou, no.

Avanço pel passadís lluent i veig un quadre que em crida l'atenció. És petit. De mida foli. Hi ha dibuixada una dona de rostre pàl·lid, amb els cabells esborrifats i un barret violeta. No sé a qui em recorda. Ramon Casas, veig que diu a la firma. Observo amb deteniment el rostre i em sembla veure-hi un món inexplorable. Diria que la dona pateix, que amaga alguna cosa, fins i tot que té una història secreta que no vol compartir amb ningú... Com jo. Em trec un boli de la butxaca i a sota hi firmo amb el meu nom: «Juno». Un tag. Un tag meravellós al costat del tal Ramon Casas.

De cop, uns braços m'encerclen la cintura.

—Ei, Juno! Has vingut? —em diu la Carlota—. Vine amb mi, que anirem a prendre alguna cosa.

Segons més tard, avanço cap a la piscina en direcció al Claudi i tot el seu seguici. Sona trap del dur —sense comentaris—, quan m'adono que el Claudi s'està fotent del Bola des de la distància.

—Mireu com endrapa, el malparit. —I encara afegeix—: Ei, us imagineu una bola llefiscosa de Roc com un meteorit a punt d'explotar?

Em fixo en el Bola, que s'omple la boca d'entrepans i trossos de pastís. No sé per què l'hi han convidat, si en el fons és el marginat de la classe. Com tampoc no sé per què m'ha convidat a mi, si en el fons soc la púrria de la classe. Em miro el Claudi. Si m'ha dit que vingui possiblement és perquè es vol riure de mi. Així que ja ho tinc. Preparo l'escut, el casc, el ganivet imaginari i...

—Vaja, mireu qui ha vingut a la festa —diu el Claudi.

Tots es giren i se'm queden mirant.

—La *killer*, que va fotent hòsties als professors.

—M'has fet venir per insultar-me?

—Insultar-te, jo? No, jo no insulto a ningú... i menys encara a una *homeless* com tu. Va, que era una broma.

Tots riuen i algú diu un «no us passeu», o alguna cosa per l'estil. Em palpo el ganivet imaginari i decideixo passar a l'atac. Algú em passa una altra copa. Els veig deformats, en forma de peix, de monstre, de gegant. Una flipada. Al fons, el Bola passeja pel jardí endrapant canapès en forma de boles de greix que suren a l'aire. Aleshores, el Claudi se'm queda mirant i es comporta com un mascle alfa.

—És veritat tot el que vas explicar el primer dia? La teva mare és a la presó?

Comença l'atac. Es vol fotre de mi, ho sé. S'estava preparant per a això. Per aquest motiu m'ha convidat a casa seva.

—Sí.

—I què va fer? Va pelar un tio?

—Sí, el va cosir a ganivetades.

M'agrada provocar. M'agrada.

—Veig que això de fotre hòsties a un professor ho portes als gens.

—Molt pitjor és el que fas tu, que humilies els teus companys cada dia.

Es crea una certa expectació que em va de meravella. Focus, aplaudiments i...

—Per què te'n fots tant, del Roc? —el repto.

—No me'n foto. És que no sap fer altra cosa que menjar...

—Doncs a mi em sembla que és molt més bona persona que tots vosaltres.

—Ah, sí?

—Sí. Sou una colla de cínics. —Miro el Claudi—. I a tu en concret no se t'aixeca.

—Què?

—Conec de sobres els tios com tu. La meva mare ja m'ho diu: el problema és que no se'ls aixeca.

El Claudi se'm queda mirant amb ulls de menyspreu. Per primer cop algú el repta, el desafia. El pobre no hi està acostumat.

—M'ho pots repetir a la cara, tot això?

—No cal. No em ve de gust. Piro d'aquí. Els *pijos* no us sabeu divertir. Va, us deixo marihuana.

Estic a punt de marxar quan veig la piscina que em crida. Em trec la roba —pantalons, calces, tot— i em tiro a l'aigua fent bomba. Les piscines i jo... Es crea un silenci llarg. Tot seguit sento algunes rialles i tothom em comença a imitar. Quina gràcia. Semblaven primmirats i ara... Van entonadíssims. Dubto si quedar-me. M'encantaria que vingués el corrupte del pare del Claudi i descobrís que el quadre del Casas l'he pintat jo. Giro el cap i veig que el Bola es llança a l'aigua. Tots corren a perseguir-lo i juguen a mig ofegar-lo. El Claudi, com sempre, se'n fot d'ell. Fa veure que el tortura i se'n riu, i el torna a ofegar i se'n torna a riure. I a sobre el Roc li riu totes les gràcies. Si tingués un ganivet real, els esquinçaria a tots el cor. O no, potser només esquinçaria el cor del Claudi.

Surto de la piscina i em vesteixo d'una revolada.

Ganivet imaginari, el meu bloc de dibuix... Ah! I el quadre del tal Ramon Casas!

L'endemà. Classe. Taral·lejo la cançó d'Adele. Una mosca. Cares de son. I el Cesc? Com és que no ha arribat encara? De cop, s'obre la porta i entra el professor Cesc —seriós, un home gris— acompanyat del buldog del director Garrí. El silenci pesa. M'adono que la cadira del meu costat és buida. El director i el pusil·lànime prenen posicions com si tots dos fossin policies.

—Hem de parlar d'un tema molt seriós —afirma el director—. El Roc Palau és a l'hospital. Greu.

Silenci sepulcral. El covard del Claudi abaixa el cap.

—Algú em pot dir què ha passat? Algú em pot dir qui n'és el responsable?

Els ulls del Garrí se centren en mi. Gèlids, punyents, penetrants. Tota la classe em mira.

# CESC

Soc a la sala de professors prenent-me un cafè abominable. Tinc curiositat per saber com anirà avui la classe. El tema que m'he preparat —la immortalitat d'aquí a trenta anys. Us ho imagineu?—, crec que pot crear un debat força interessant a classe. Darrerament, sento que les coses estan canviant una mica, dins l'aula. En concret amb la Juno. En comptes d'entrar a l'atac directe —bufetada i fora—, ara és capaç com a mínim de dialogar amb mi. De sobte, s'obre la porta amb violència i entra el director Garrí amb els ulls encesos. Deixa el mòbil sobre la taula —gest ràpid, emprenyat, eloqüent— i em llança una mirada tensa.

—M'acabo d'assabentar d'un fet gravíssim.

Un segon més tard entra la subdirectora Àngela. Saluda amb un «hola» sec i es treu la dessuadora texana. Es miren un instant curt. Les complicitats suren a l'aire.

—El Roc Palau és a l'hospital.

Cop de vent a la cara.

—Com?

—Això no és el pitjor. El nano està greu. Un cop al

cap. Amb la mala sort que li ha provocat una hemorràgia interna.

—Mare meva...

—Es veu que tot plegat va passar a casa del Claudi Faura.

—Una festa amb tota la classe; sense el permís dels seus pares —complementa l'Àngela.

El Garrí s'estira la corbata com si es volgués escanyar a poc a poc. Mort.

—El pare del Claudi m'ha trucat. Es pujava per les parets. No cal que et digui per què. El seu fill no s'havia comportat mai d'aquesta manera fins que va arribar la nena aquesta.

—Qui? La Juno?

—És clar! De qui vols que es tracti?

—Els pares truquen indignats. Volen la nena fora. I no parlem dels pares del Roc...

—Un moment, un moment —intervinc jo—. Per què dones per fet que ha estat cosa de la Juno?

—De qui vols que sigui, la culpa, sisplau, Cesc! A tu mateix et va clavar una bufetada!

—Ja, però això és diferent. Primer l'hi haurem de preguntar, no?

—Marihuana, begudes, objectes robats... —esbufega—. Mira, Cesc, fins ara t'he deixat utilitzar les teves tècniques peculiars —em diu en to amenaçant—. I de què ha servit, eh? De res. Me'n faig creus, que encara la defensis.

Més tard, a classe, l'Alfons Garrí exposa als nanos la situació. Em fixo en els seus rostres volubles i en tots ells hi veig consternació. Inclosa la Juno. Cap d'ells no s'esperava una notícia així. El Claudi mira cap a baix, la Carlota es toca la punta de les vambes, la Juno m'escruta amb els ulls, el Litus prem amb força el llapis... La situació és injusta per a tothom i més en concret per al Roc. Pobre nano. Em fixo en la cadira buida. El món és ple de cadires buides, penso. La Laura. El Roc. El Garrí es dirigeix a la noia:

—Segur que no ens has de dir res, Juno?

—No.

—Aixeca't i vine amb mi, sisplau.

Més tard, a direcció, les mans em comencen a suar. No puc deixar de mirar-me el quadre de la natura morta. Penso que tots som més o menys això: éssers lassats, moribunds, agònics. El director interroga la noia, que en tot moment treu pit i es vol defensar. Penso en una cobra preparada per a l'atac. Coll inflat, mirada incisiva, verí penetrant. No sé què hi faig aquí ni com comportar-me. El comportament escolar de la Juno fins ara ha estat inacceptable. Però d'aquí a culpar-la i a no deixar que es pugui defensar...

—Jo no vaig fer res —s'exclama la noia.

—No et crec —diu el director.

—No soc jo qui es passa el dia fotent-se amb el Bola...

—Com?

—Em sembla que hauries d'apuntar cap a un altre lloc.

—A sobre culpes els altres? Els teus companys?

El Garrí clava un cop de puny a la taula. Un paper surt volant pels aires. Em cau a prop dels peus.

—Ho sento, Juno. Estàs expulsada.

—Un moment, Alfons, deixa-la parlar.

—Ja hem fet prou concessions amb la Juno.

Sento un cop de puny a l'estómac. «Expulsió». No pot ser.

—Mira, noia, has robat a la classe, t'has escapat, has pegat a un professor... —afegeix el Garrí—. Ho sento, però ja no sé què fer amb tu. —I encara afegeix—: Ets un cas perdut, Juno.

Es crea un silenci feixuc. «Ets un cas perdut». La Juno s'alça a poc a poc —molt a poc a poc— i mira fixament el director.

—Ja t'ho vaig dir el primer dia, que amb mi trencaríeu l'estadística.

Acompanyo la Juno fins a l'armariet enmig d'un riu de mirades expectants. La gent l'observa i xiuxiueja paraules a cau d'orella. Em pregunto què deuen dir, què deuen pensar, com deuen etiquetar-la. Demano als nanos que fotin el camp i desfilin ràpidament cap a la classe. Arribem a l'armariet i veig que l'obre amb la seva clau i en treu el bloc de dibuix. Me la quedo mirant un instant curt. Em fixo en el bloc. Els seus monstres. Els seus malsons. No he estat capaç de descobrir-los.

—Juno, si ets innocent, necessito que m'ho diguis.

Aleshores serra el puny i clava un cop de peu a l'armariet. I un altre. I encara un altre, fins a rebentar-lo.

—Adeu, Cesc —conclou.

Ulls entelats de cadell i desapareix per sempre.

Sopo amb la portera Clarisa, el seu marit José i els gossos petaners, asseguts als meus peus. La lasanya de carn i verdures, deliciosa, es converteix en el meu subterfugi. Em pregunto sovint què hi faig amb la meva nova i sorprenent família. M'agrada estar-m'hi, amb aquesta gent. Asseure'm al seu costat, mantenir-hi converses, demanar-los la seva opinió. Sovint tinc la sensació que fujo del silenci de casa —si és que del meu pis se'n pot dir «casa»— per retrobar-me amb una autèntica llar. Aquí sempre hi ha una olla al foc, les flaires del pastís de poma, les partícules de licor estenent-se per l'habitació...

—El cas és que l'han fet fora sense ni tan sols demanar-li la seva opinió —els dic tot emprenyat.

—Els rics sempre jutgen els pobres —afegeix el José.

—Això mateix penso jo. Però, i si s'han equivocat? I si la noia per un cop a la vida no ha fet res?

La portera Clarisa em serveix una copa de vi. Ho fa a poc a poc. Retardant el moment de fer-me preguntes.

—Però, escolta, *muchacho*, per què t'obsessiones tant amb aquesta noia?

—No m'obsessiono...

El gos petaner em mossega el dit gros del peu. M'empasso un glop de vi. Sento que vull embriagar-me.

—Segur que no t'obsessiones? —pregunta el marit.

—Bé, sí, potser una mica..., però és que crec que és una bona persona...

—*Lo que debe haber sufrido, la muchacha, no está escrito.*

—Per això mateix ho dic, Clarisa. Que fàcil que és penjar el mort a la Juno. La pobra noia, la delinqüent, l'adolescent conflictiva...

—*Tú, hijo, lo que tienes que hacer es salir* una mica. *¿Verdad, José, que lo que necesita es una muchacha?*

—*Déjalo, Clarisa* —diu el José—. *Lo que necesita ya lo decidirá él.*

Unes hores més tard, estic estirat al matalàs de casa fumant un cigarret i mirant l'esquerda del sostre. Sona Bowie. Columnes dòriques de caixes i més caixes al voltant. Penso en la Juno. Arribant al centre, menjant un plat de pèsols per sopar, rebent l'advertiment del personal del centre. «No pots continuar amb aquesta actitud, Juno, no pot ser, has de canviar. Si segueixes per aquest camí no tindràs mai amics. Ni una escola. Ni un entorn que et pugui estimar». I la Juno negant amb el cap, cada cop més rabiosa. I dolguda, i sentint-se culpable, i creient-se el seu personatge d'adolescent rebel i cas perdut. «Ets un cas perdut, Juno». «Soc un cas perdut, soc un cas perdut, soc un cas perdut, soc un cas perdut, soc un cas perdut, soc un cas perdut, soc un cas perdut, soc un cas perdut», es repeteix ella.

Entro a classe i veig dues cadires buides. La Juno i el Roc. Tenen més en comú del que d'entrada es pensen. Tots dos són perdedors. Potser com jo. Com tothom. Com tantes i tantes persones a la vida. La imatge em crema per dins i soc incapaç de fer veure que no ha passat res i tirar endavant la classe. Deixo de banda els debats sobre temes hipotètics i em centro en el que considero el debat realment important. L'urgent. El que ara mateix presideix i governa la classe.

—Escolteu. —Els escruto—. Per què no sou valents i m'expliqueu d'una vegada què va passar a la festa?

Es crea un silenci llarg i veig que tots abaixen el cap.

Es comporten amb complicitat, com si estiguessin programats per respondre alhora. Un silenci glacial s'instal·la a l'aula.

—Podeu afirmar que la Juno va fer mal al Roc? De veritat? —els dic mirant-los amb escepticisme.

El Claudi fa un pas endavant.

—Sí —respon desafiant.

Tothom calla. Me'ls miro amb deteniment. Al cap d'un minut comença a arribar un degoteig de «sí» com si es tractés de pluja fina. La Carlota també assenteix, mossegant-se el llavi. Fins a quin punt podria trencar-se la teranyina invisible? El Claudi i el seu seguici, la Carlota, el Litus, el rebutjat del Roc... Un món ple de convencions, de proteccionismes, de fidelitats establertes. Sobreviure o quedar-se sol. Aquesta és la qüestió. Tots formen un gran grup. La Juno i el Roc són ànimes solitàries. La tempesta de «sí» comença a ressonar amb força. Trona.

—D'acord, però si torna a passar res, vosaltres en sereu els culpables.

Em miren tots amb ulls esbatanats.

—Així que espero que em vingueu a dir d'una vegada per totes qui ha estat. Perquè si passa res. Repeteixo: si passa res, tots vosaltres en sereu els responsables.

Boques cosides i més boques cosides. Res a fer. Marxo.

A la sala de professors —cafè carregat en mà, abominable—, m'asseguren que el Roc Palau comença a millorar. Els dic que me n'alegro molt i que espero que aviat pugui explicar-nos els fets en primera persona. Sobre la Juno, sorprenentment, ningú fa cap comentari. La sensació és que sembla que no hagi existit mai. Fora el problema. Tela en blanc. «Tots estem molt més tranquils, ara. Per fi s'ha resolt la qüestió». M'assec a una cantonada a preparar la classe següent i m'evadeixo una mica del món. La pregunta «I què faig aquí?» comença a cobrar força. Penso que potser hauria de buscar-me una altra feina que em portés menys maldecaps. I em sap greu perquè l'ensenyament començava a agradar-me. Sí, reconec que m'ho passava bé preparant les classes i proposant debats. M'agradava escoltar-los, entendre'ls una mica, saber la seva opinió, debatre amb ells. Però ara.. ara que la Juno no hi és, penso que la meva feina no té cap sentit. Cap. He fallat estrepitosament. He estat incapaç d'ajudar-la.

—En què penses, Cesc? —em pregunta l'Àngela, que acaba d'entrar al despatx.

—Jo? Res...

—A mi també em sap greu que la Juno hagi marxat, Cesc. Però, creu-me, tenia un pronòstic molt complicat.

Pronòstic. Nanos abandonats. Rebutjats. Retornats. Hi dono voltes.

—Tot i això, has fet tot el que has pogut...

No sé si creure-m'ho.

—I vols que et digui una cosa? Potser les teves classes no són gaire convencionals, però als nanos crec que els agrades.

—Vols dir?

—Tens unes idees..., no ho sé, diferents.

—Ara mateix no em sento gaire satisfet, Àngela.

—Escolta, si mai necessites res, em pots trucar...

Quan diu «em pots trucar», m'agafa la mà i em fa una carícia invisible. El contacte de la seva pell —ho reconec— em provoca una reacció estranya. Una mena d'escalfor als testicles que em llisca per les cames fins a arribar-me al dit petit del peu. El sol fet de sentir el formigueig m'activa el sentiment de culpa. M'enretiro un pas. La Laura. Feia segles que no em tocava ningú. Fa segles que no faig l'amor amb una dona.

Soc al restaurant japonès menjant-me uns fideus *Yakisoba*. Em dedico a mirar al mòbil ofertes de feina que tenen a veure amb qualsevol cosa menys amb l'ensenyament. En trio unes quantes a l'atzar: cambrer, transportista, taxista, administrador... Em pregunto què he fet a la vida per acabar tan malament. Jo era publicista, i dels bons. Si volgués, encara podria recuperar la professió i muntar la meva pròpia empresa de publicitat a Barcelona. Malgrat la crisi, possiblement me'n sortiria. Tinc contactes. I les idees que se surten de la convenció triomfen, en publicitat. Però no, no, no. La sola idea de reproduir el que feia quan vivia amb la Laura em posa malalt. Si soc aquí és perquè intento tallar amb tot. Un abans i un després. París i Barcelona.

Glop de sake i una idea confusa se m'instal·la al cap. Trucar a l'Àngela. Companyia. Vull companyia. «Però què fas, Cesc?», em dic a mi mateix. Alço la mà i demano el compte.

Vagarejo pels carrers fent ziga-zagues. Al meu voltant, ànimes que van amunt i avall, s'aturen, conversen, gesticulen..., la vida segueix. La meva s'atura. Fa temps que faig voltes circulars sense trobar cap mena de sortida. Visc, respiro, actuo..., però no trobo el meu camí. Tan sols la Juno, la possibilitat d'ajudar-la, creava un dèbil i discret objectiu a la meva vida. Ajudar per ser ajudat. Pensar en els altres per no pensar en mi. O qui sap si per mantenir-me ocupat durant unes quantes hores. El dol pot arribar a ser molt fill de puta!

Sense adonar-me'n, les cames m'hi han portat, arribo caminant al mirador de Montjuïc. Em fixo en la barana esquerdada.

La Juno no hi és.

Ni rastre.

Truco a un timbre que sona desafinat. Sento unes passes. Al costat de la porta, un rètol: CRAE (Centre Residencial d'Acció Educativa). M'obre una senyora de cabells taronja i li pregunto per l'educadora Paula. M'espero uns segons, que es fan eterns. Em passen pel cap tot tipus de variables. Em mossego l'ungla dreta, desplaço el pes d'una cama a l'altra, temptejo la possibilitat de marxar. Espero.

—Tu per aquí? —em diu finalment la Paula—. És una mica tard...

—Ho sé, ho sé, però he anat a fer un passeig i... Com està la Juno?

Em fa passar cap dins i travessem un passadís curt que dona a una petita sala. Miro al meu voltant encuriosit. És la primera vegada que soc en un centre d'aquestes característiques. Llum neutra, un nen traient el cap per alguna porta, una senyora arrossegant un carret amb restes de verdura, una escombra recolzada a la paret, una nena amb cuetes travessant el passadís en pijama... La Paula em fa entrar en un despatx minúscul, amb un ordinador i prestatgeries plenes de carpetes. Les observo un instant curt. Potser en una d'elles hi ha l'historial secret de la Juno. «J».

—Només volia saber... Què passarà amb la Juno a partir d'ara?

—No ho sé. Haurem d'esperar que l'acceptin en una altra escola.

Em plantejo com deu ser passar-se la vida canviant d'un lloc a l'altre. D'escola en escola, de família d'acollida en família d'acollida.

—Està massa avesada al canvi —em diu la Paula—. Per a ella, això és la seva normalitat.

—Ho deu patir molt.

—Sí. La qual cosa fa que no sigui capaç de crear lligams enlloc. Mai no aconsegueix fer amics. Ni relacions que durin gaire.

Em quedo pensant en el que em diu. Lligams. La incapacitat de fer lligams. Em sona d'alguna cosa.

—Què li va passar, de petita?

—No ho sabem del cert. La noia no en parla.

—Mai no us n'ha parlat?

—No. Primer ens pensàvem que no ho recordava. Ara pensem que potser ho recorda, però que no ens en vol parlar.

Em quedo pensant en el que em diu la Paula. La noia sap. Recorda. Però calla.

L'únic que ens consta és que el company sentimental de la seva mare maltractava la dona. Però no sabem ni tan sols si la nena va presenciar els maltractaments...

—Els dibuixos que fa...

—Sí, ho sé. Podrien demostrar que possiblement va viure escenes terribles.

—Però no en vol parlar.

—No. I també hi ha els malsons.

—Té malsons?

—Molts. És clar que en el seu cas no m'estranya. Imagina't per un moment viure la seva situació: sense pare, sense mare, sense lligams sòlids de cap mena...

—La mare sortirà de la presó?

—Aquesta és l'esperança que tenim.

M'empasso la saliva i faig la pregunta. Temuda.

—I si no surt?

—Fins als divuit anys podrà quedar-se al centre. Però després... —Ara és ella qui fa una pausa llarga—. Per llei està obligada a marxar.

—I on anirà? Al carrer?

—No ben bé. Hi ha pisos tutelats des d'on encara podem fer un mínim seguiment. Però el cas és que ja no és el mateix. Haurà d'espavilar-se...

Demano a la Paula si em deixa veure la Juno una estona i finalment em diu: «Sí, Cesc, però només un momentet». Em condueix fins a la seva habitació per un passadís llarg on regna el silenci. A mesura que avanço, tinc una sensació de cremor a l'estómac. Em fixo en els passadissos plens de cartells amb fotografies de nens i adolescents somrients. Al fons, una sala menjador i una dona que acaba de recollir un parell de taules. Encara més al fons, una petita sala amb un grup de nens que miren plegats la televisió. Hi dono un cop d'ull i em sembla detectar un nen marroquí, un altre d'aspecte equatorià, una adolescent blanca com la llet, una pèl-roja... Finalment, arribem a una porta que resta tancada.

—És la seva habitació —em diu la Paula—. La comparteix amb quatre nens més que estan en la seva mateixa situació. Bé, tres. Un d'ells ha marxat aquest matí amb la nova família d'acollida.

Entrem a dins i veig quatre llits situats l'un al costat de

l'altre. En un d'aquests llits, tocant a la finestra, la Juno, asseguda dibuixant. Quan em veu, alça la cella esquerra i em regala un gest de menyspreu. La Paula em diu que em puc quedar mitja horeta i que després apagaran els llums. Ens deixa sols. Avanço fins a la Juno i m'assec a un cantó del llit. Ella s'aparta.

—Com estàs? —li pregunto.

Continua dibuixant i ignorant-me. Accentua el gargot. Com si volgués vomitar la seva ràbia.

—No sé per què has vingut. Soc una mala persona.

—No ets una mala persona, Juno.

—Sí, ho soc.

—No ho ets. I també sé que tu no ets la culpable!

—Fot el camp i deixa'm sola!

Continua dibuixant. Amb convicció. No està disposada a parlar ni jo tampoc a anar-me'n. Així que em quedo al seu costat observant-la. Quan ja fa uns minuts que està immersa en el seu art m'incorporo per veure què està dibuixant. Un rostre deformat i ple de bonys. Al seu voltant, tot de cossos mutilats s'escampen pel cel i per terra. Descobreix que l'estic observant i aparta el dibuix amb un gest desagradable. Aleshores, convençut que a través del diàleg no aniré enlloc, li demano que em deixi un paper i un bolígraf perquè em ve de gust posar-me a dibuixar amb ella. Em situo al seu costat amb un paper i un boli. Recolzo l'esquena a la paret per buscar una postura òptima. Passa el temps. Sense dir-nos res. Tots dos dibuixant. Fins que arriba la Paula.

—Ho sento, Cesc, s'ha fet tard.

I em demana que marxi.

Soc a la barra d'un bar. Gintònic en mà. Parets folrades de miralls i compartiments amb sofàs retros. Miro al meu voltant i em sembla veure gent curiosa. Una dona que porta un vestit vermell cenyit, una parella que lliga amb la mirada, un home amb corbata que xateja pel mòbil possiblement en busca de contactes... I aquí soc jo. Arreplegat a la barra del bar i penedint-me d'haver fet aquesta trucada. Massa tard. S'obre la porta del bar i hi entra l'Àngela amb un somriure amable. Va vestida amb una brusa vaporosa blau marí i unes faldilles arrapades que deixen entreveure unes mitges de llenceria fina. Preciosa. Mai l'havia vist des d'aquesta perspectiva. Lluny del director Garrí, de la maleïda escola, de la toxicitat de l'ambient dels darrers mesos... S'asseu al meu costat i em fa dos petons càlids. Per un moment, la imatge de la nova Àngela em fa sentir reconfortat. La trobo bonica. Delicadament bonica. Demana una copa de vi i enceta la conversa.

—M'ha sorprès molt que m'hagis trucat.

—He pensat —improviso— que està bé això de coneixe's amb els companys de feina...

—I tant. Ja et vaig dir que si necessitaves res...

—No, ara és igual... Si t'he de ser sincer, no estic gaire motivat darrerament.

S'empassa un glop de vi i posa la mà sobre la meva. Un segon. Un segon curt. Adverteixo el perill, però no m'immuto.

—No has tingut gaire sort amb la teva entrada —diu l'Àngela—. No és just. T'ha tocat un curs complicat. I sé que possiblement això és l'últim que necessitaves...

Sé que m'ho està demanant. M'ho suplica. Em demana que li parli de la meva vida. Tothom ho sap i ho vol saber. «*Tu lo que necesitas es una muchacha*», deia la Clarisa.

—Bé, jo... no estic passant el meu millor moment.

—L'Alfons ja m'ha dit que ets vidu.

La paraula m'ofèn, m'enerva.

—Psí... suposo que sí. La Laura va morir fa gairebé un any...

—Ho sento.

—Un càncer malparit.

—Tinc un cosí que també...

—Escolta, preferiria no parlar-ne. Vull dir..., prefereixo que em parlis de tu. No ens coneixem gaire. Segur que tens temes molt més animats.

—Bé, jo..., la meva vida és un complet desastre. —Riu per sota el nas. M'agrada—. Vaig tallar fa uns mesos amb algú...

La meva curiositat no té límits. Vull distreure'm amb frivolitats per un cop a la vida. No pensar, no pensar, no pensar...

—Amb el Garrí?

—Què! No! Per què ho dius?

—Perdona, hi havia unes pintades al bany...

—Realment et creus tot el que diuen als banys? No, és clar que no. No és el meu tipus d'home. Per ser-te sincera, no m'agrada gens, el Garrí. M'agrada més un altre tipus d'home...

S'acaricia un ble de cabells i se'l posa darrere l'orella. Em fixo en el seu coll en forma de cigne. Quan s'acosta —i ho fa somrient—, sento una altra vegada el seu perfum de cítrics barrejat amb canyella. Somriu i em mostra les dents blanques, alineades, una d'elles esquerdada. La complicitat que es crea em comença a espantar. Parlem del seu gat, de la seva relació trencada, dels intents frustrats de les seves amigues de buscar-li parella. La nova Àngela que se'm dibuixa fora del món escolar és una dona imperfecta, capaç de riure's d'ella mateixa, capaç de qüestionar fins i tot el Garrí... Estar al seu costat em fa sentir còmode alhora que em transporta a un estat d'ingravidesa. Faig esforços per conversar i semblar natural. Em sento desentrenat. De tant en tant desvio la mirada als seus pits punxeguts. Però, de cop, comencen a assaltar-me preguntes dissonants. Quin sentit té lluitar per aparentar? Esmerçar tants esforços per semblar un paio interessant? I... què en trauré? De cop, el perfum amb tocs de canyella es converteix en un perfum agre que ni jo mateix puc suportar. Em disculpo i m'aixeco per anar al lavabo.

Davant del mirall, m'observo una estona llarga. Cada detall del meu rostre. L'arruga sota els ulls que la Laura em va besar, la cicatriu sota al llavi de quan vaig caure de la bicicleta a l'excursió amb la seva família, els cabells que m'acariciava i que comencen a clarejar. Em passo una mica d'aigua per les galtes i intento respirar fondo. Qui soc? Què hi faig, aquí? I si me'n torno a París? Sé que a fora l'Àngela m'espera i he de prendre una decisió immediatament. Però... i si no surto? Surto del bany decidit i m'invento una excusa.

—No em trobo bé, ho sento.

El rostre de l'Àngela es desdibuixa per moments.

—És clar, ho entenc. Potser un altre dia...

Camino pels carrers i em venen al cap les paraules de ma mare. «A la feina no cal tenir amistats, fill. La feina és la feina». Em pregunto si en la meva trista vida ho estaré barrejant tot. L'Àngela, la Juno, l'odi cap al director Garrí... «Recorda que hi ha uns límits establerts, Cesc», em diu el director. I jo sento que no tinc límits sinó arestes, esquerdes, formes desiguals, monstres. L'Àngela m'agrada una mica, penso..., però el sol fet de pensar que encara guardo la roba de la Laura i que soc incapaç de llençar-la em fa pensar que no, no, no... em sento incapaç de besar-la.

Davant meu s'albira una paret plena de grafits. El parc on aquell dia vaig portar la Juno. Un altre cop, les cames m'hi han portat. M'hi apropo amb parsimònia i em fixo en el dibuix que encara resta a la paret. La Juno ha estat aquí, penso. La pintura encara és fresca.

Passo la mà per la paret i els cristalls de guix se m'incrusten a la pell com si fossin estelles. Però aquest cop hi ha algun element nou, al dibuix. Un element dissonant que em posa en estat d'alerta. Entre els cossos mutilats de dos éssers adults hi ha el rostre d'algú definit. Aquest rostre és la Juno. És ella. Ensangonada. La Juno aterrida.

Arribo a l'escola mig adormit, quan la Carlota Fabregat m'intercepta al passadís. Em mira amb cara amoïnada. Es mossega el llavi fins al punt de fer-se un puntet de sang. L'observo estranyat.

—Necessito parlar amb tu —em diu nerviosa.

L'escolto amb impaciència.

—Jo sé qui ha sigut —afirma—. No va ser la Juno. No va ser ella qui va fer mal al Roc.

# JUNO

—Juno.

Em giro i veig el Cesc recolzat al llindar de la porta. Jaqueta penjant del braç, rostre esgrogueït, barba de quatre dies. No sé per què ha tornat al Centre si la darrera vegada que el vaig veure li vaig deixar clar que no en volia saber res. No el miro, no li parlo, no l'escolto. I ell vinga a fer-me preguntes estúpides del tipus: «Com estàs? Com et trobes?». O bé: «Pots dirigir-me la paraula d'una vegada, Juno?». Em sembla absurd que els adults parlin de nimietats quan realment no saben què dir-se. I em pregunto què coi hi ve a fer aquí, el Cesc, ara que m'han fotut fora de l'escola. Ah, és clar! Potser em vol convidar a casa seva per esquarterar-me i menjar-se'm el cervell. Mira que és curiós, aquest paio. I a sobre es preocupa per mi.

—Ei, Juno, que m'escoltes? —em diu.

Se m'apropa unes passes i fa un gest per tocar-me lleugerament el braç. Me n'aparto en sentir el contacte. No suporto que em toquin.

—Sé que ets innocent. —I encara afegeix—: La Carlota m'ho ha explicat tot.

—Ah, perfecte...

—N'estava convençut. Ara només cal que tornem a l'escola i...

—Ni de conya.

—Què?

—Que ni de conya. A l'escola no hi penso tornar a posar els peus.

M'intenta convèncer que li faci cas, que doni la cara, que em presenti davant del director per explicar-li la meva versió. No és just que en pagui jo les culpes quan soc innocent, em diu. Com pot ser que aquest australopitec es prengui tantes molèsties per mi? Sovint em pregunto si no hi ha un motiu fosc —molt fosc, refotudament fosc, esfereïdorament fosc— darrere de tanta insistència.

—Anem, Juno —em diu.

—On?

—A deixar en ridícul el Garrí i tota la tropa. Me'n moro de ganes. Tu no?

M'estira del braç —no em toquis!— i em demana que l'acompanyi.

Avanço pel passadís enmig de la cridòria i les olors desagradables. Retalls de vambes desgastades, mitjons suats, bafarada de suor d'aixella, cop de colze dissimulat. Tinc por de trobar-me rostres coneguts i que m'assenyalin com si fos una infectada. Por, jo? No, de cap manera. Em palpo la cuixa esquerra i hi detecto el ganivet. Que algú s'atreveix a insultar-me? Doncs ganivetada. Que algú em mira per damunt l'espatlla? Ganivetada i fora. «No et donis per vençuda, filla. Que ningú s'atreveixi a tractar-te amb menyspreu». Ganivetada, ganivetada, ganivetada. I ganivetada.

Entro a classe seguida del Cesc. Un bosc de cares m'observen. Un bosc espès estil Hansel i Gretel. Un bosc que fa iuiu. Es crea un silenci que només es trenca amb algun xiuxiueig imperceptible. Em repugna veure els meus excompanys de classe mirant-me amb rostres covards. El Claudi, el Litus, el Max, la Natàlia... Retorno al Claudi. La bruixa. Em mira amb el llavi inferior tibat i unes guspires malicioses als ulls. Foc. Tenebres. Un món obscur. El professor Cesc pren la paraula.

—Eps! Sabeu per què és aquí, la Juno? A algú se li acut?

No sé quins mètodes estranys vol fer servir ara, el Cesc. Que si «el dia del teu enterrament», que si «què t'enduries a una illa deserta...».

—Va, de debò que a ningú se li acut? No m'ho crec. No em puc creure que sigueu tots tan il·lusos.

Res.

—D'acord, com que veig que teniu una mena d'amnèsia col·lectiva, us facilitaré una mica la feina. Festa del Claudi. Roc. Hospital. La Juno expulsada de l'escola. No us sona?

Encara més silencis.

—Sou uns maleïts covards. I uns maltractadors. Tots. Un de vosaltres, per fer-li mal al Roc; els altres, per encobrir-lo.

Mirades a les vambes, cara d'indignació del Claudi, em tronxo! I a sobre, s'obre la porta i entren... els que faltaven per acabar d'amenitzar la vetllada. L'Àngela i el Garrí! El duo perfecte.

—Què carai està passant aquí, Cesc?

—Seu, Alfons, seu. Agafa la millor cadira. I tu també, Àngela. Vull que sapigueu què va passar exactament a la festa.

—Però...

—Us demano que feu un petit exercici tots, sisplau —es dirigeix als nois.

—Tu i els exercicis estranys... —comenta el Porc—. No és moment d'improvisar, Cesc.

—Va, de debò, feu-me cas —repta el Cesc a la classe—. Mireu la Juno directament als ulls i digueu-li que ella va colpejar el Roc. Endavant, pengeu-li el mort. És una presa fàcil, oi? Total, és una pobra noia que no podrà ni defensar-se. La mare a la presó, sense pare, tota la vida en un centre d'acollida... Vinga, endavant, destrosseu-la, enfonseu-li encara més la vida. Digueu en veu alta que va ser ella, si teniu pebrots!

Copso rostres entelats, ulls de vidre, mandíbules compactes. El director Garrí prem el puny com si es preparés per començar una baralla. Té els ulls encesos d'un color roig volcà. L'Àngela, al seu costat, sembla encuriosida amb la *perfomance*. I el Cesc —«L'idees boges» del Cesc— continua reptant-los.

—Va, us ho diré d'una altra manera. Imagineu-vos vosaltres mateixos en la seva situació. Sense una família que pugui protegir-vos, amb la mare a la presó, tota la vida en un centre d'acollida... Aneu a parar a una escola on se suposa que us han de tractar i acollir bé, i de cop, pam, us carreguen el mort del que va passar a la festa! És clar, com que ja us han penjat l'etiqueta... No passa res si us en pengen una altra, oi? Total, en porteu unes quantes: adolescent conflictiva, rebel, noia desestructurada, cas perdut...

Això de «cas perdut», ho diu mirant-se el director Garrí. Es crea un silenci etern a l'aula. Algun estossec. Caps abaixats. Penso que no ha sigut una bona idea venir avui a l'escola. El Cesc hi torna.

—Què? Tampoc us he convençut? Seguiu inculpant la Juno?

Silenci espès com el brou de la cuinera Matilde.

—Entesos, doncs, és una llàstima, confiava més en vosaltres. Anem, Juno.

El Cesc m'assenyala la porta quan una veu trenca el silenci.

—Jo sé que no ha sigut ella! —s'atreveix a dir la Carlota.

Silenci sepulcral. Es miren entre ells movent-se en un subtext indescriptible. Caps alçats i celles arquejades. Comença la tempesta.

—Jo també ho sé —s'hi afegeix la Blanca.

—I jo. —La Marina.

—I jo!

—I jo!

Es genera una catarsi immensa i un degoteig que no té aturador: «I jo...».

El Claudi serra la mandíbula i em mira amb ulls de la bruixa de Hansel i Gretel a punt de coure'm al forn. Em fixo en tots els nanos que s'alcen per dir en veu alta «I jo». Finalment, només queda el Claudi. Sol. Me'l miro. Em mira. Una mirada que esgarrifa. Tothom gira el cap i se'l queda mirant.

—Que jo no vaig ser, hòstia!

Se'n va enfurismat clavant un cop de porta.

Baixem carrer avall, sempre avall, entre la gentada i els clàxons dels cotxes. Al meu costat el Cesc endrapa una mossegada de pizza amb un posat de pel·lícula còmica dels anys vint. Em desperta una mitja rialla, aquest paio. Continuo sense entendre per què vol ajudar-me. Però el molt cabró ho ha aconseguit. Pam. Ganivetada al Claudi en tot l'estómac. Cor, vísceres, canibalisme en estat pur. I jo... jo per fi he pogut venjar-me. Quan recordo la cara del Claudi —ganyota, nas arrugat, llavi tibant—, em tronxo de riure. Però no. Alguna cosa em diu que a les persones com jo tot els acaba anant malament. La felicitat no existeix. La justícia no existeix. Per a la mare no va existir i la van condemnar directament al trullo. «Ni em van voler escoltar», m'ha explicat més d'una vegada. Sigui com sigui, avui em sento dalt d'un núvol.

L'arrossego fins al trencaones i ens asseiem tots dos a contemplar el mar. La immensitat del blau m'atrapa. Em recorda la mare i tots els somnis que encara ens queden per compartir. Ella i jo saltant les onades, divertint-nos... Agafo una pedra i escric una «J» tan grossa com puc. Veig que el Cesc em mira.

—Has sigut molt valenta avui, Juno.

Li voldria donar les gràcies, però certament no puc. Os de pollastre a la gola.

—Aconseguiré que et tornin a acceptar a l'escola.

—Gràcies, però no hi vull anar.

—Ara les coses han canviat, Juno. Hi ha gent que està de part teva.

—Els poderosos són els poderosos. Això no es pot canviar.

—Ja ho veurem, això. —Fa una calada.

Repasso el meu nom escrit a la roca. Juno. Un tag

meravellós. La reina de la primavera. La deessa Hera. La guerrera convertida en una Amazona.

—Per què fas tot això per mi? —li etzibo.

—El què? Ajudar-te?

—Sí.

Calada profunda i fum pel nas. Comença a caure'm millor, aquest paio.

—No ho sé, Juno, suposo que també ho faig una mica per mi.

—Per tu?

—Sí. Dec ser una mica egoista, també. A part d'un assassí d'adolescents...

Se m'escapa el riure. A ell també. Me'l quedo mirant i no sé per què sento la necessitat de saber alguna cosa més de la seva vida.

—Fa molt de temps que va morir la teva dona?

—Gairebé un any.

—La trobes molt a faltar?

—Sí, molt.

—Per la fotografia que et vaig agafar... era bonica.

—Molt. I ballava de puta mare. I feia uns plats..., li encantava fer una lasanya vegetariana...

—Odio les lasanyes vegetarianes.

—Jo les trobo a faltar. Sovint, quan soc al japonès de sota casa, tot sol, endrapant uns *yakisobes* fastigosos —què carai són els *yakisobes*?—, recordo que la meva vida fa un temps era una altra cosa...

No sap com l'entenc, el Cesc. Jo també recordo la mare. M'asseia a la falda i em cantava cançons. Amb la seva veu mig ronca, mig timbrada, mig melosa. Superior a la d'Adele. La seva cantant preferida. També m'explicava contes i interpretava les veus dels personatges. En tenia un d'una bruixa que era el meu favorit. I un altre d'una fada. I el de la princesa pàmfila del pèsol ens feia riure fins a l'infinit.

—Jo també tinc molts records d'aquests —admeto.

—La deus trobar molt a faltar.

—Ja m'he acostumat a viure sense ella.

—Què va passar?

Abaixo el cap. No vull que m'enganxi en un moment de debilitat, no ho vull.

—La mare i jo vivíem juntes en un piset a Barcelona. Ella treballava netejant escales. Sovint em deixava amb una veïna. Però quan arribava sempre m'asseia a la falda i em cantava cançons... —M'escuro la gola—. Quan arribava l'estiu, anàvem a la platja del Garraf, la de les casetes blaves. Ens dedicàvem a saltar onades mentre fèiem el crit de lloba.

—El crit de lloba?

—Un crit entre la mare i jo. És aquest.

Faig un crit i fins i ell s'espanta. Un transeünt que passeja un gos se'm queda mirant des de certa distància. M'és igual. Fa massa temps que m'importa un rave el que pensin els altres.

—Estàvem bé... Però un dia tot se'n va anar a la merda... —Pausa, i afegeixo—: Quan va arribar ell, el fill de puta.

—L'home de la teva mare.

—Va fer bé de carregar-se'l, sí. Ens va destrossar la vida.

—Què va passar? —em pregunta amb cert temor.

—La mare se'l va ficar a viure a casa i això no l'hi perdonaré mai. Al principi anava bé. Però la mare va començar a fer coses rares com donar-li la raó en tot i acotar el cap. Ella que sempre havia sigut una guerrera.

—Una mica com tu?

—No. Més. —Crits de gavina—. La mare tenia, té, un caràcter increïble. Tu no la coneixes...

Se'm queda mirant com si em radiografiés amb un escàner. No sé per què em deixo anar i...

—Més endavant van arribar les pallisses. Un cop vaig arribar a casa i em vaig trobar la mare amb el pòmul inflat i un fil de sang caient-li del llavi. —Pausa, i agafo aire—. N'hi va haver moltes més, de pallisses. Fins que vam marxar.

—On?

—A la caseta al costat de les vies del tren. Un lloc on la mare deia que no podria trobar-nos.

La veu se'm talla. M'aturo en sec.

—Però us va trobar.

—Sí. Al cap d'un temps.

—Què va passar, Juno?

M'aturo en sec com si algú m'hagués frenat. Què carai faig explicant-li aquestes coses?

—No en vull parlar.

—Et va fer mal?

Callo.

—Et va tocar?

Muda.

—Si et va fer res m'ho pots explicar, Juno. T'anirà molt bé parlar-ne.

Em toca el braç i l'aparto.

—Deixa'm!

—Juno, confia en mi...

—Que em deixis en pau, hòstia!

M'alço d'un bot i arrenco a córrer.

Soc al centre practicant el sofà i manta. S'hi està de conya, aquí, a caseta. «*Vuelve, a casa vuelve, por Navidad...*». A la tele, un documental del Nathional Geographic sobre rinoceronts copulant a la sabana africana. Meravellós. Encefalograma pla. M'hi passaria la vida, aquí estirada. Sense pensar en res, sense recordar res, sense haver de parlar-ne.

Mentre em fixo en un rinoceront empalmant una rinoceronta (se'n diu així? Rinoceronta?), alço la cella i veig la Carlota palplantada al meu costat. Sento una fiblada a l'estómac. Però què hi fa aquesta, aquí? Com hi ha entrat? Per què ha vingut sense avisar-me? M'alço d'un bot i miro a banda i banda. Les mans em tremolen. Com si algú m'hagués descobert robant enmig de la classe. O pitjor encara. Com si algú m'hagués descobert cagant al vàter de casa. I sense paper! Intento aparentar fortalesa —«Perquè tu ets una guerrera, Juno»—, i m'hi encaro:

—Què hi fas, aquí?

La Carlota fa una llambregada a la sala.

—Aquí és on vius? —Ninetes movent-se a banda i banda—. Aquest és el centre del qual sempre ens parles?

Un altre cop les maleïdes preguntes, la mirada incisiva, les pigues resseguint-li la pell com si fossin puntets de les fitxes del dòmino. No sé si em cau bé o no la suporto, aquesta noia. En qualsevol cas em persegueix. Sembla que té com a objectiu convertir-se en la meva amiga.

—Per què has vingut? —li pregunto.

—Per saber com estàs. I per passar la tarda amb tu.

L'observo amb desconfiança. Clavo els dits al comandament a distància i torna a sortir la rinoceronta.

—Ens han dit que aviat tornaràs a l'escola. Me n'alegro. Al final s'ha sabut la veritat. Tots et devem una disculpa.

Claudi, injustícia, disculpa... em vomita paraules que no comprenc. Aleshores arriba la Paula —ella li ha obert la porta, ara ho entenc— i intenta llançar-me un bot salvavides.

—T'agradaria conèixer el centre on viu la Juno, Carlota?

—M'encantaria —contesta la Carlota.

A mi no, penso. Però altre cop no sé com comportar-me. El rostre de la Carlota sumat al rinoceront copulant em genera un curtcircuit difícil d'explicar. No sé si insultar-la o tractar-la d'amiga. No controlo les distàncies curtes. Ni curtes ni llargues. Més ben dit, no controlo les distàncies.

Minuts més tard —m'hi ha obligat la Paula, ho sé—, em dedico a fer un tour turístic pel centre. Li ensenyo la sala de fer els deures —o de no fer els deures—, el menjador on sopem cada dia —amb olor de coliflor i de lleixiu—, les habitacions per les quals m'escapo dia sí dia també —pobres companys d'habitació—, i ella va fent comentaris de *pija* insolent i mirant-s'ho tot com si estigués en una furgoneta travessant la sabana africana. Maleït treball de camp. Tot i així, em sorprèn que em faci preguntes i que fins i tot sembli interessada en la meva realitat paral·lela.

Més tard, no sé com, la Paula ens proposa que berenem una coca de iogurt que ha fet la cuinera Matilde.

Així que seiem a taula.

Mosseguem la coca.

Ens mirem l'una a l'altra.

—M'agradaria molt que algun dia tornessis a casa meva —em diu.

—A fer treballs?

—No.

—A vomitar?

—Tampoc. A xerrar, a escoltar música, a parlar de les nostres coses...

El nus a la gola m'impedeix contestar. L'observo estranyada. Finalment una paraula em ve a la punta de la llengua. «Gràcies». Però no la dic. La dic en silenci. I la dic a mitges. «Gra».

Avanço pel passadís seguint els passos de la guardaespatlles, la Carlota. Quan entro a classe —uf, torno a ser a classe!—, m'assec al pupitre de sempre. Em ve el flaix del primer dia que el vaig llançar a terra. Pam! Va ser divertit. Al fons, a mà esquerra, el Claudi em clava els seus ulls com si fossin dagues. Sé que m'odia amb totes les seves forces. Tot i així, intento mantenir la mirada ferma. Sento algunes veus que s'apropen discretament a saludar-me. «Hola, Juno». «Com estàs?». «M'alegro que tornis a ser aquí». Responc un «Bé, gràcies», començant a percebre que alguna cosa ha canviat lleugerament a classe. Ara entra el Roc i s'asseu al meu costat de manera discreta. Té els ulls vidriosos i el rostre pàl·lid com els passadissos de l'escola. Silenciós, treu un munt de llibretes de la cartera i comença a col·locar-les amb parsimònia al seu calaix. Ens mirem tots dos de reüll —un instant precís, minúscul— i esbossa un lleu somriure.

—Com et trobes? —li pregunto.

—Bé —em contesta en un to de veu gairebé imperceptible—. Gràcies per tot. Sé que vas defensar-me.

Si pogués, li diria que mai més es donés per vençut,

que tragués un ganivet com jo, que lluités contra els seus monstres i que es carregués el Claudi. Però no. Sé que no ho farà. Callarà com ha fet sempre i el Claudi continuarà al seu lloc. Intacte.

—Ho hauries d'haver explicat abans, que el fill de puta del Claudi et maltractava.

Abaixa el cap com un pollet que no vol sortir de l'ou.

—Quant temps fa que es fica amb tu?

No gosa mirar-me. M'hi apropo a poc a poc. Li agafo la mà.

—Quants temps fa, Roc?

—Mesos. No ho sé. Potser un any... Ara no me'n recordo...

Em giro i clavo una llambregada al Claudi. Ara es fixa en mi i em penetra amb la mirada. Obre la boca per dirme una paraula que no entenc. Muda. «T'odio, Juno».

Arriba el Cesc i estic salvada.

Travesso el pati amb els cascos posats. Odio el trap, per cert. No entenc com tots els de la meva classe poden escoltar-lo. M'endollo Adele i m'embriago una altra vegada amb la seva veu mig melosa mig timbrada mig de no sé què. «*Found myself today singing out your name. You said I'm crazy. If I am, I'm crazy for you*». El professor Cesc em dona un copet a l'espatlla. Em trec l'auricular i l'observo. El paio no es dona per vençut. Sembla obsessionat amb la meva història.

Aquesta vegada, ni mengem pizzes, ni comprem birres ni ens adrecem a cap mirador de la ciutat. Em diu que avui li toca triar. Em vol portar a un lloc emblemàtic. No sé pas quin deu ser aquest lloc tenint en compte els gustos del pusil·lànime de quasi quaranta anys.

—Anem a un museu, Juno.

Quan sento la paraula «museu», em ve al cap un badall de gegant, una migdiada esplèndida, una classe soporífera del director Garrí. A un museu, vol que anem? Que s'ha tornat boig, aquest tio, o què? Els museus són per a gent refinada que té quadres del tal Ramon Casas (amb tags fets per una infectada, per cert). Li llanço arguments a favor del «no» i em convenç amb un argument simple. «Deu minuts i prou, Juno. Hi ha uns tallers de pintura que t'agradaran. Vull que els provis un dia...». Li dic que de cap manera, però em convenç que com a mínim els doni una oportunitat. «Oportunitat», paraula que odio però que darrerament començo a integrar una mica al meu vocabulari. «Ho provaré mitja hora i prou», contesto. «I si no m'agrada, fora».

Sense entendre el com i el perquè, em trobo passejant per una sala del Museu Picasso, enmig d'un silenci absolut i de *guiris* amb cara d'entrecot al punt. Voldria posar-me a cridar, a guixar els quadres, a fer una *performance* de les meves amb la finalitat de carregar-m'ho tot. Em plantejo incendiar el museu. Però no, el Cesc em demana que em comporti mentre em comença a explicar quatre nimietats de l'autor. Pel que sembla, Picasso va ser un dels grans (pots comptar!), va experimentar amb el cubisme i el surrealisme (sí, home) i va trencar les normes aconseguint fer-se un nom dins del món de la pintura (això seria capaç de fer-ho fins i tot jo!). Quan m'ho explica sé perfectament l'objectiu que persegueix: em demana que experimenti a través de la pintura, que trenqui motlles, que faci la meva pròpia teràpia a través de l'art... Típic i tòpic.

No ho aconseguirà. Tal com li vaig dir un dia, l'art i les exposicions són per a la gent que menja caviar. Jo recullo les vomitades del caviar, que és molt diferent.

Estic a punt d'adormir-me dreta enmig de la sala quan un quadre em crida l'atenció. Es tracta d'*Els desemparats*, de Picasso. Al llenç, una dona pobra sosté en braços el seu fill petit a qui sembla que protegeix del fred i de la gana. Em sorprèn la mà llarga i plena d'arrugues, les robes descosides de colors pastel, els rostres de tristesa i consternació..., i també d'amor. Clavo la nineta al quadre i penso que el fill deu tenir uns tres o quatre anys.

—No et pots apropar tant al quadre, Juno. —La veu del Cesc.

Però m'hi apropo. El meu iris es barreja amb la pintura i de cop sento que ja soc a dins. El Cesc és fora, en una altra dimensió, com en una mena de realitat paral·lela. Però jo m'hi capbusso i em barrejo amb els tints i les textures i els pigments del quadre. Jo ocupo el lloc del «fill» i la «dona» és la mare que em bressola, i em canta cançons, i em fa un petó al front i em diu alguna cosa a cau d'orella que per alguna raó no acabo d'entendre. I sento aquesta sensació com si fos ara, com si la mare fos davant dels meus ulls. La seva olor, el cant, el tacte de la pell rugosa, la flaire de llimona, les carícies als cabells... «Les noies no ploren, Juno». M'hi apropo una mica més i li pregunto: «Per què em vas deixar sola, mama? Jo volia passar la resta de la meva vida amb tu». I em contesta: «Perdona'm, Juno, però si ara vols pots venir amb mi». Aleshores li agafo la mà, i s'alça de la cadira i ens n'anem caminant cap a un punt de llum més enllà de les muntanyes i el mar... I és en aquest moment —màgic, íntim— que una llàgrima treu el cap pel meu lacrimal. Fins ara no havia arribat mai tan lluny. Mai.

—No passa res si plores una mica, Juno —sento que diu el Cesc.

En aquests moments sona una alarma.

La llàgrima torna a entrar cap dins. Ràpida.

—Necessito marxar d'aquí —contesto.

Estic menjant un bol de cereals per esmorzar —he aconseguit no tenir malsons, avui— quan ve l'educadora Paula. S'asseu al meu costat. Em passa la mà pels cabells i m'embriaga amb la seva flaire amb tocs de mandarina. Es treu de la bossa un pastisset de nata i maduixes amb una espelma amb un número vuit i me'l plantifica davant dels nassos.

—Vuit anys? —Em miro l'espelma, sorpresa—. Avui faig vuit anys?

—No. Fa vuit anys que vas arribar al centre —em contesta.

No sé si riure o plorar. La Paula i els petits detalls. Recordo el dia que em va regalar una figureta de fang d'una fada —quan encara creia en bruixes i en fades—, o el cop que em va regalar un clip en forma de papallona, o la vegada que va portar-me el sabó del color que més m'agradava. També recordo les entrevistes per als diferents processos d'acollida. Ella sempre al meu costat, somrient, prement-me la mà. «Que la nena és molt maca, que té una gran necessitat d'afecte, que necessita una família que li doni estabilitat». I després el fracàs estrepitós. Primera mare d'acollida: «La nena es porta molt malament». Segona mare d'acollida: «Té un comportament insuportable».

Tercera mare d'acollida: «Aquesta nena és dolenta, dolenta, dolenta, dolenta, dolenta...». Tot i així, la Paula sempre ha estat al meu costat. En el moment de les recollides, als dies de Reis i als aniversaris, en el moment de tornar a casa (aquesta llar, la meva llar), els moments dels malsons, els crits, l'ansietat, les fugides... «Que ja no puc més, Paula. Que enyoro la mare. No vull cap més família d'acollida. Em vull quedar amb tu, ho entens?». I les anades i vingudes a la presó. Cada tres setmanes. Seguint els horaris establerts. «Vull quedar-me a viure amb la mama». «La presó no és un bon lloc on viure, Juno. I encara menys per a una nena de vuit anys». Nou. Deu. Dotze. Catorze anys. I me'n queden pocs. Sé que als divuit anys em clavaran una puntada i me n'hauré d'anar a viure sota un pont. «Tot i que hi ha els pisos tutelats», em va dir un dia la Paula. Però això és igual que dir-te que acabaràs vivint sota un pont. Ningú no es preocuparà per tu. Seràs púrria, púrria, púrria.

—La mare sortirà algun dia de la presó —acabo dient en veu alta.

S'empassa la saliva, com acostuma a fer sovint.

—Jo també ho desitjo, Juno. Però mentre no surti, has d'intentar estar bé.

M'acaricia un ble de cabells i el deixa anar com si en volgués fer una bombolla.

—L'únic que et demano és que, sisplau, no em portis amb una altra família d'acollida.

Arrufa la cella dreta.

—Ja n'has tingut prou, oi?

—Només vull estar amb la meva mare. No necessito cap més família.

—Tranquil·la, per ara no farem més acolliments. És cert que no van anar gaire bé, tampoc.

—Van ser desastrosos. —Me la quedo mirant amb una pregunta a la punta de la llengua—. Tot i que en els darrers anys... tampoc m'ha sol·licitat ningú, oi?

Abaixa el cap.

—Ho sabia. I és collonut. Com més gran, pitjor. Tots volen el bebè perfecte. Que no recordi el seu passat! Que no tingui traumes!

—Per desgràcia és una mica així, sí. —Ara m'acaricia la barbeta com si em dibuixés un cor—. Però em tens a mi. I penso que darrerament també tens alguna bona amiga. He vist la Carlota per aquí. I me n'alegro.

Li endevino la fragilitat de les paraules.

—Darrerament et veig una mica més feliç —m'insisteix la Paula.

Arronso les espatlles.

—És important que hagis començat a tenir amics.

—No sé si són amics.

—Ho són, Juno. La Carlota. I el Roc. El teu professor també t'ha ajudat. El Cesc és una bona persona.

—Potser sí...

Em miro el pastís amb l'espelma. No sé si bufar. Un desig em ve al cap. Parlar del que va passar quan era petita. Potser m'ho trauria de sobre. Però no. No m'atreveixo a comentar res. Bufo les espelmes i engrapo un tros de nata del pastís amb una maduixa a sobre. Vuit anys. Vuit anys al centre. Gairebé tota una vida.

Surto de classe amb la Carlota i el Roc. La Carlota ens proposa anar a casa seva a passar l'estona, però els dic que impossible. Avui toca mare. Toca presó. Toca trullo. La Carlota insisteix a acompanyar-m'hi, però li dic que no i li parlo dels mosquits albins. El Roc riu per sota el nas i em clava un copet a l'espatlla. Em fa gràcia veure que té cara i veu. És la primera vegada que el veig somriure sense acotar el cap. Els proposo quedar divendres per sortir de marxa, però em miren amb ulls esbatanats. Encara no s'acostumen a mi, penso. Encara no saben de quin peu calço.

M'acomiado d'ells amb un «adeu» sec i em poso els auriculars per fer un viatge intergalàctic. Jugo a no trepitjar la línia de les rajoles. Ara jugo a saltar-les de quatre en quatre. De cop, noto la pressió d'una mà sobre l'espatlla. Em giro pensant que deu ser el Cesc. M'equivoco. El Claudi és davant meu i em fita amb uns ulls volcànics. L'estómac em crema i les pulsacions cardíaques se'm disparen. És el primer cop que estem ell i jo sols. M'ho repeteixo: és el primer cop que estem ell i jo sols. El primer cop des que va quedar com un assetjador davant de tota la classe. Des de llavors, les coses han canviat lleugerament i el Claudi ha perdut la posició de poder dins el grup. Fins i tot els seus companys (el seguici de guerrers indestructibles) es permeten de tant en tant no riure-li les gràcies. I ara el tinc davant meu. Mirant-me d'una manera que no m'agrada.

—Tu qui et penses que ets, imbècil? —em repta.

Li regalo una mirada de menyspreu i continuo caminant fixant la vista en les rajoles. Em segueix i em barra el pas. Dits a la clavícula. Em mira com un lleó amenaçant la seva presa. Començo a tremolar, però intento que no se'm noti. «Els gossos oloren la por, Juno».

—Tu no saps on et fiques —insisteix—. No ets ningú, aquí, a l'escola.

—I tu qui ets? El fill de papà d'algun empresari corrupte?

—Com et continuïs ficant amb mi ho acabaràs pagant

molt car. —Em llença el seu alè d'espaguetis al *pesto*. Putrefacte—. Escolta'm, tu en aquesta escola no hi pintes res. Així que fot el camp d'aquí, d'acord? Fot el camp d'una vegada! I no hi tornis més!

Me'l trec de sobre amb un gest brusc disparant-li un braç a l'aire. Em toco el ganivet imaginari, però em sembla que encara no és el moment. Alguna cosa em diu que la situació pot empitjorar. Molt. «Així que tranquil·la, Juno, tu intenta fer la forta». Treu lava pels ulls i serra amb força la mandíbula. Hi ha alguna cosa en els seus ulls que em recorda algú que tinc enterrat a la memòria. L'home del ganivet. L'home de la taca de sang que maltractava la mare. Intento no mirar-lo als ulls i em torno a col·locar els cascos.

—Foto el camp —li dic.

Però ell em segueix.

Un carrer.

I un altre.

I encara un altre...

Fins a arribar al centre.

Observo l'esquerda en forma de drac. La taula trontolla. Trec el paperet de la butxaca i el col·loco sota la pota esquerra. Tema resolt. La mare m'acaricia la barbeta mentre em diu que soc la noia més bonica i interessant del món. El temps passa. Miro el rellotge. Voldria tirar els minuts enrere, però no puc, no puc, no puc. Les trobades amb la mare se'm fan sempre massa curtes.

—Així que tens dos amics nous?

—La Carlota i el Roc. La Carlota fins i tot ha vingut algun dia al centre.

—Li ha agradat?
—Sí.
—Ho veus com no t'has d'avergonyir de res?
—També hi ha un cabró a l'escola que em fa la vida impossible.
—T'ha fet res?
—No. Em segueix. I m'ha amenaçat. Vol que foti el camp.
—No deixis que ningú es fiqui mai amb tu, filla.
—Em recorda qui tu ja saps...
De cop, li canvia la cara. Penso en l'home. Ell. Veig que ella també hi pensa.
—No em parlis més d'aquell fill de puta.
—Perdona, mama, però darrerament no paro de pensar-hi. Fins i tot somio amb ell. I el dibuixo.
—Treu-te'l del cap.
—Però per què, mama? Sempre em dius que no en parli, però jo necessito parlar-ne.
—Creu-me. Remenar la merda no és bo.
—Però...
—Pensa en el futur. En tu i en mi. En la vida que ens espera.
—No suporto que algú em toqui, mama. I encara menys que em facin plorar...
—Collonades, això de plorar. No hi pensis més, creu-me.
Sempre que n'hi vull parlar, la mare despista o canvia de tema. Pam. Com si els pensaments es poguessin esborrar pel sol fet de no dir-los en veu alta.
—Filla, mira'm als ulls. No vull que remenis més el passat, d'acord? —Em prem la mà, i força un somriure—. A més, tinc bones notícies.

Alço el cap esperançada. L'escruto de dalt a baix esperant una resposta.

—Sortiràs?

—No ho sé, encara. Però d'aquí a un mes faran la revisió de la sentència. L'advocada d'ofici diu que tinc moltes possibilitats.

—Molt bé, mare, molt bé.

—Jo també estic contenta. T'imagines que finalment em deixin sortir d'aquí?

—Sí, mama, sisplau. Has de sortir. El Cesc m'ho va dir l'altre dia: la vida de vegades dona bones notícies.

—I tard o d'hora tindrem un piset per a tu i per a mi. On puguem veure les onades.

—Si no les veiem, no passa res, mama. L'important és que surtis aviat.

—I cantarem cançons, i ballarem Adele, i et prepararé crema de carbassa d'aquella que tant t'agradava... Te'n recordes, de la crema de carbassa?

La miro i m'empasso les llàgrimes.

—Sí, mama.

Aleshores es treu de la butxaca un ocellet de paper que ha fet amb les seves pròpies mans (coi d'activitats que fan les recluses), i me l'ofereix.

—Per a tu, filla —em diu.

I jo sento que encallo les llàgrimes barrejades amb pestanyes i amb pedres i amb un punt de sal.

# CESC

Primera hora. Cares de son. Una mosca.

Els he encarregat una redacció sobre «Com us veieu d'aquí a quinze anys?», i miraculosament ningú m'ha portat la contrària. Així que els deixo fer mentre els observo. A tots. Com si els estigués fent un escàner. La Juno fa bona cara i mostra un somriure ample com el matalàs de casa. El Roc, al seu costat, li passa un bolígraf i tots dos comenten alguna cosa que la Juno ha escrit a la llibreta. La veig parlar, comunicar-se, no interferir a la classe. Fins i tot riure! Alguna cosa ha canviat durant els darrers dies. Podríem dir que es tracta d'un petit miracle. D'altra banda, al fons de l'aula hi ha el Claudi, que borda com un gos a punt de mossegar. No m'agrada gens, aquest noi. Fa un paper de cara als adults i un altre quan es troba sol amb el seu seguici. M'esfereeix pensar que algú pot voler fer mal a algú altre i a sobre culpabilitzar un company de classe. Les maleïdes relacions de poder. «Va ser un accident», va concloure el director Garrí. «El Claudi sempre ha sigut un bon noi. Devia tractar-se d'un joc de nens que es va descontrolar una mica». No. No puc suportar-ho. Per un instant penso que aquest noi podria ser una de tantes víctimes de pares adinerats i poc afectuosos. Potser hauria de demanar una entrevista amb els pares.

Interrompo la redacció que els he encarregat i els proposo debatre sobre les relacions de domini i de poder. A la societat, a casa, a l'escola... El Claudi es posa a fer gargots i em regala una mirada que esgarrapa.

No escolta.

No em mira.

Qui sap si planifica una venjança...

Quan acaba la classe, me'n vaig cap al despatx, però, tot d'una, una imatge em crida l'atenció. La Juno és al seu armariet —no sé si traient o col·locant llibres— quan el Claudi se li apropa i se situa al seu davant. Em recorda el gest que fan els lleons quan volen dominar la seva presa. Mirada penetrant, cabellera a l'aire, pota dreta marcant territori. Em fixo en el rostre esblaimat de la Juno i tinc la sensació que alguna cosa no va bé. Gens bé. Així que m'hi apropo amb cautela i faig un «ei» discret que atura l'ofensiva. En veure'm, el Claudi se'n va silenciós.

—Eps, Juno, va tot bé?

—Amb aquest imbècil? Psí...

Em fixo en el Claudi, que avança pel passadís en direcció als banys. En el darrer moment es gira amb aire fatxenda i ens dedica una mirada d'odi.

—Segur que va tot bé? —insisteixo. I encara afegeixo—: Si t'ha fet res m'ho pots dir.

—Ei, Cesc, de veritat que et penses que m'intimida un mascle alfa impotent com el Claudi?

Se m'escapa el riure.

—Passo d'ell —afegeix—. A més, tinc una bona notícia. Ben aviat la meva mare sortirà de la presó.

—De veritat?

—Sí.

Per primera vegada en molt de temps la veig exultant, feliç, exhibint un somriure ample.

—Me n'alegro molt per tu, Juno.

—Gràcies, Cesc. —I al cap d'uns segons afegeix—: Tenies raó. De vegades hi ha una mica de justícia.

Més tard, a la sala de professors, em preparo un cafè ben carregat de sucre. Somric en adonar-me que des que vaig entrar aquí les coses han començat a canviar. Avui mateix, la Juno no m'ha boicotejat la classe. Fins i tot diria que em comença a respectar. El Claudi ha perdut la seva posició de poder i alguns nanos de la classe l'han començat a qüestionar. D'altra banda, la Carlota i el Roc han guanyat posicions i s'han fet un lloc important al grup. I sense anar més lluny avui hem debatut sobre les relacions de poder que es donen tant en la societat com dins d'una classe. «A poc a poc, Cesc», em dic per consolar-me.

L'arribada de l'Àngela interromp els meus pensaments. Fa un pas endavant i tanca la porta amb delicadesa. Crec que la paraula «delicadesa» la podria descriure a la perfecció. Se m'apropa al costat —perfum de canyella, floc de cabells, feminitat en estat pur— i em mira amb consternació al rostre. No sé com comportar-me amb ella des que aquell dia la vaig rebutjar. Intento ser amable i em respon que el director Garrí m'espera al seu despatx. La frase «t'espera al seu despatx, ara» adquireix un to d'urgència. Intueixo que hi haurà problemes. Greus. M'alço i me'n vaig a les trinxeres.

Davant meu, el director Garrí consulta uns papers amb poc interès. Estossega un parell de vegades. Desencaixa la mandíbula. Finalment, alça el cap i em dedica una no-mirada.

—Hem de parlar dels teus mètodes escolars.

Callo i escolto.

—Hem rebut alguna trucada dels pares queixant-se sobre la teva feina.

—Quins pares? Els pares del Claudi, deus voler dir.

—No vagis per aquest camí, Cesc.

M'empasso la saliva.

—El cas és que sembla que no estan aprenent gaire a les teves classes. Més enllà dels teus debats estèrils sobre... les relacions de poder? La mort? L'autoconeixement?

—Et sembla estèril debatre sobre la mort?

—Hi ha altres maneres de fer les classes.

—És clar, no ficant-se en problemes i dedicant-te a fer dictats. És això, oi?

—No, no és només això. Però els nanos han d'aprendre alguna cosa, a les teves classes.

—I tu creus que no han après res?

—Les queixes són més que evidents...

Em fixo en el quadre. Natura morta. Terrible. S'ha de tenir mal gust per tenir un quadre així penjat.

—Mira, Alfons —li dic—. Per què no ens deixem de punyetes? Saps perfectament que no em qüestiones la meva feina sinó la meva actitud amb el Claudi.

—Va ser lamentable, certament.

—I la cosa es complica encara més quan resulta que el seu pare dona diners a l'escola, oi?

—No, jo això no ho he dit.

—Tots dos coneixem les relacions de poder que tant t'interessen. I si no, què hi fot el nano encara a l'escola? Hauria d'estar expulsat.

Ara és ell qui calla. Uns segons.

—Ja sabem que va ser un accident.

—Per favor, Alfons, ets un irresponsable.

Ara sí que em clava la mirada.

—Com dius?

—Que ets un irresponsable. I saps per què? Perquè si deixes passar això del Claudi, a continuació hi haurà una altra víctima. I sí, tu hauràs aconseguit fer-me fora, però possiblement et passaràs la resta de la vida a la presó...

Rabiós —nou del coll movent-se amunt i avall—, s'alça de la cadira i m'assenyala amb el dit índex.

—Ets un desconsiderat, Cesc. T'ho he donat tot en aquesta escola. He deixat que fessis unes classes que no tenien res a veure amb el temari, he deixat que defensessis la noia aquesta, he deixat que fins i tot em portessis la contrària davant de tothom, però ha arribat un punt...

Tinc unes ganes enormes de... M'alço i em giro. Busco la cremallera i m'abaixo els pantalons. Li ensenyo el cul. Amb pelets i tot. Voldria tirar-me un pet, però, per desgràcia, avui ja he anat de ventre. El Garrí em mira amb ulls esfereïts. Jo, cul a l'aire.

—Però...

—Que vagi bé a la teva fantàstica escola, Alfons!

Cremallera amunt i passi-ho bé.

Més tard ja em preguntaré què faig amb la meva vida.

* * *

Estic arraulit al sofà, amb la portera Clarisa, el seu marit José i els tres gossos petaners que no em treuen els ulls de sobre. Mirem un concurs d'aquests de riure, que m'ajuda a desconnectar i passar l'estona. «Per quins pobles passa el riu Guadiana?». Ni idea. «Quina és la capital de Suïssa?». Berna. «Quin és l'animal més ràpid del món?». «Un àcar», contesta el presentador. Faig un badall-ganyota i miro al meu voltant buscant respostes. Soc un cas perdut, penso. Abaixant-me els pantalons a l'escola, revolucionant les aules, enfrontant-me a la família del fill de papà. I tot això perquè he tingut un estirabot dels meus i no he sabut controlar-me. Si la Laura hagués estat al meu costat m'ho hauria dit: «Compta fins a deu, Cesc, no siguis impulsiu, pren-t'ho amb més calma». Però per més que m'ho digui a mi mateix, reconec que el tema del poder em revolta. I la Juno. I les injustícies en general. «Potser ho estàs barrejant tot, Cesc».

El José s'alça i em serveix una copeta.

—*Tendremos que hacer algo contigo, hijo* —em diu l'home, amb bata d'estar per casa—. *¿Nos emborrachamos un poquito?*

No em ve al cap una resposta millor que un:

—Sí.

Minuts més tard, engoleixo un líquid viscós que em crema el coll i l'estómac. El José em diu que això s'ha d'acompanyar d'un puro i evidentment torno a fer que sí amb el cap. Calada i avall. Estossego. Una altra calada.

—*Beber de vez en cuando nos ayuda a olvidar todos los problemas.*

La gola em crema, però no dic res. Soc tot un home, jo.

—*Y ahora ¿qué vas a hacer, hijo?*

—*No tengo ni idea.*

—*Pero esto de hacer de profesor... ¿a ti te gusta?*

Em quedo pensant la resposta. Fer de professor... En aquests moments em sembla tan estrany com si em parlessin de treballar en un tanatori. Tot i així, crec que alguna cosa ha canviat dintre meu. Professor. Ajudar els nanos. Sentir-me realitzat. Els canvis que he vist en la Juno han donat sentit al meu pas per l'escola. Sento com si el meu únic objectiu hagués estat passar per allà i remoure les peces del trencaclosques. He enviat el Claudi a la presó. La Carlota a l'oca. El Roc a la casella guanyadora. El Litus i el seguici esperant a la casella del pou. Sí, crec que treballar amb nanos m'agrada. M'interessa escoltar-los, veure com es plantegen el món, assistir a les seves raons, portar-los la contrària. És una feina fascinant. Em queda tant per aprendre! I, sobretot, m'ha agradat conèixer la Juno. Però ara... ara no sé a què em dedicaré els propers anys. Aquest seria un bon debat per aplicar-me a classe: «Què vols fer quan siguis gran, Cesc?».

Més tard, encara amb la sensació de ment navegant i a la deriva, pujo a casa amb la portera Clarisa, que em proposa començar a fer net. Directe, sense pèls a la llengua, es dirigeix a la cuina i omple un cubell d'aigua amb un raig de lleixiu.

—*Tu casa parece un garaje* —em diu—. *No sé cómo puedes vivir en medio de tanto desastre, hijo.*

Es posa a fregar amb força el terra mentre em diu que vagi desfent caixes i comenci a col·locar els objectes personals.

—*O te lo quedas o lo echamos todo a la basura.*

Obro una de les caixes —sembla un militar, la dona, quan vol. Pitjor que el director Garrí!— i em trobo amb tot de fotografies de «nosaltres» dels viatges que vam fer als estius. Les col·loco a la còmoda del saló i decideixo que encara conviuran durant un temps amb mi. Sí, ho vull. Vull conviure amb la fotografia de la Laura i evocar sempre que vulgui el seu record. Cigarret em mà, veig que la Clarisa entra a l'habitació i comença a esbroncar-me com si fos una iaia. Agafa tota la roba de la Laura —que si ara una jaqueta, que si ara una camisa, que si ara uns pantalons—, i em demana que li faci un petó i que me n'acomiadi.

—*Lo vamos a regalar a una asociación de beneficencia, hijo.*

Agafo el jersei verd que tant m'agrada.

—Encara no, Clarisa —li demano—. O potser sí.

M'enganxa un petó a la galta i em diu que li deixi fer. És la primera dona que entra a casa meva, penso. Així que em poso a les seves mans. Amb el cap enterbolit, m'abraço un instant al jersei i l'ensumo amb totes les meves forces. Aleshores l'entrego a la Clarisa.

—*Pues claro, cariño. Vamos a tirar todas estas cajas... que ya has tardado demasiado.*

L'endemà, travesso el passadís de l'escola com si es tractés d'un túnel subaquàtic. Esquivo colzes, mirades, feromones, comentaris que no encertaré a endevinar mai. Em creuo amb el Claudi i li sostinc la mirada mentre em passa pel costat fregant-me l'espatlla. Em dedica una mirada superba i plena d'odi. Odi en estat pur. Similars als odis que he vist en la Juno i en tants i tants éssers humans que simplement estan atemorits.

Passo de llarg fent grans gambades i em topo la Carlota i el Roc, que em dediquen un somriure. Bé, la Carlota em dedica un somriure i el Roc un rictus petit. «Ep, Cesc, què ha passat? El Garrí ens ha dit que marxes de l'escola», em diu la noia bot salvavides de la classe. Li responc que sí, que la cosa ha anat així, que d'ara endavant tindran un nou professor a classe. Em mira amb una dosi important d'aflicció i em comenta:

—Et trobarem a faltar, Cesc. Els teus debats a classe eren molt interessants... —I es mira el Roc com demanant-li que continuï la frase.

Aleshores el Roc pronuncia un «psí» sec i penso que ja he aconseguit un gran propòsit. «Psí».

Més tard, a la sala de professors, em dirigeixo cap a la prestatgeria. Començo a recollir les meves coses quan s'obre la porta i... sento el perfum de l'Àngela barrejant-se amb meravelloses feromones. En veure'm (oh, sorpresa, el tio que et va rebutjar!), fa una expressió mig de disgust mig de recança que no sé com interpretar. Començo a recollir les meves coses —Carpetes. Llibres. Treballs. Notes— quan veig que se m'apropa.

—Em sap greu que te'n vagis de l'escola, Cesc.

—A mi també, Àngela. La feina m'agradava.

—Penso que has sigut un bon professor.

Em quedo parat.

—De debò?

—Sí, segurament no ets un professor típic. Però el que has aconseguit amb els nanos... Has trencat dinàmiques, Cesc. I en part has ajudat el Roc.

Penso en la classe. La Juno, el Roc, la Carlota, el Claudi... i tota la feina que queda per fer. Els trobaré a faltar, em sembla. Els nanos. Els meus nanos. I ara... a què em dedicaré?

—Escolta, Àngela, hi ha un tema que no em trec del cap.

Em mira a l'expectativa.

—Vigila amb el Claudi. Està rabiós. Crec que en el fons aquest nano necessita ajuda.

—Ja ho sé. Penso que té a veure amb la família. Diria que sempre està molt sol...

—Si te'n pots encarregar...

—Sí, no serà fàcil. Però ho intentaré. Parlaré amb els seus pares...

—Gràcies.

Acabo de recollir les meves pertinences i les guardo a la motxilla a poc a poc. L'Àngela és al meu costat. Em mira. La miro. Aleshores vull dir-li que és una dona atractiva, que em sap greu haver-la rebutjat, que voldria viure una història amb ella més endavant quan hagi superat això de la Laura, però que soc un absolut desastre i que no puc, no puc, no puc; em sento atrapat en un punt indefinit.

—Em sap greu si l'altra nit quan vam quedar...

—Ho entenc, no era el moment...

—Tens raó, no ho era. Però qui sap si més endavant... —M'empasso la saliva—. Potser un dia et trucaré, d'acord?

Em mira i em somriu. Un somriure tendre.

—Tu truca...

No sé per què he arribat aquí. Al centre d'acollida. Una vegada més. Les cames m'hi han portat, ara que tinc tot el temps del món per perdre... Truco al timbre desafinat —quin mal als timpans!—, i al cap d'uns moments apareix l'educadora Paula. Pregunto per la Juno, però em diu que ha sortit fa una estona a casa la Carlota. Somric i li dic que me n'alegro. Penso que per fi he aconseguit un petit propòsit. Amics. Una amiga. Una bona amiga. Em venen al cap les paraules del director Garrí: «Els nanos no estan aprenent res amb tu, Cesc». Res.

—Vols passar igualment? —em pregunta la Paula amb un somriure.

Passem al despatx i m'ofereix un te i unes galetes. Ho accepto de bon grat. El somriure càlid de la Paula...

—Te'n recordes, de quan la Juno va arribar al centre? —li pregunto.

Resta uns segons en silenci. No sé si m'estic excedint o no.

—Semblava un pollet, la pobra. Tremolava de fred i no deixava que ningú s'hi acostés ni que la toqués.

—Parlava del que havia passat?

—Mai. Ni una sola paraula.

M'imagino la Juno amb sis o set anys. Sola, indefensa, espantada.

—Durant uns quants mesos, no ens va dirigir la paraula. Semblava muda. Tampoc no la vam veure plorar mai.

—No plorava?

—No. Sempre ha anat amb aquest posat de guerrera.

—Per fora sembla forta, però per dins...

—Tu ho has dit: per fora. Per dins és pura fragilitat.

Em paro a pensar en l'escut de la Juno fet de filferros i acer. Construït a base de «no», de distàncies, de visites a la presó, de frases llançades al vent. «La noia és insuportable.

És una adolescent conflictiva. Una petita delinqüent en potència». M'hauria agradat veure'm a mi al seu lloc, a la seva edat, intentar encarar la vida. Quan se suposa que la infantesa ha de ser dolça, entranyable, plena d'amor i de petons.

—Continuo obsessionat amb els seus dibuixos —insisteixo—. Penso que ens volen explicar alguna cosa.

—Possiblement.

—Estic convençut que de petita va rebre maltractaments.

—És una possibilitat.

—Però ella no en vol parlar.

—No. I crec que hem de respectar-ho. Tot i que ja ens ho està explicant, a la seva manera...

Em quedo pensant en les paraules de la Paula. Expressar-se a través de l'art. Els seus dibuixos. Em trec el mòbil de la butxaca i en busco una fotografia.

—Mira —li dic. A continuació li mostro el darrer grafit que la noia va fer al parc. S'hi veuen dos cossos mutilats i al mig el rostre d'una Juno ensangonada. El triangle—. No et sembla sorprenent?

La Paula es queda observant el dibuix. El mira i el remira. Pausa llarga.

—Fixa't en els colors —insisteixo—. Mostren agressivitat. Negres, blaus, vermells..., encara més vermells...

—Tot sembla indicar que el dia de l'assassinat ella hi era —conclou la Paula.

—Si és així, per què no ens ho ha volgut explicar mai? Té por que la jutgem?

—O simplement se sent culpable?

Em quedo pensant en les paraules de la Paula.

—Mira, Cesc —afegeix—, tots els nens i nenes que

tenim aquí tenen realitats molt diferents. Però tots, absolutament tots, tenen un tret en comú: se senten culpables.

En aquest moment sona el telèfon. Un nano requereix els serveis de la Paula. Es disculpa i em diu que tornarà aviat. Sol, em miro i em remiro el mòbil. El traç, els colors, la darrera frase de la Juno. «Et van fer mal?». «Sí». De cop i volta, la vista se me'n va cap a la prestatgeria. Em fixo en la inicial «J», de Juno. Decidit, agafo la carpeta i furgo a dins. Una fotografia de la Juno amb cinc o sis anys (dues cuetes, preciosa, escanyolida), un historial psicològic de la nena (medicació, teràpia, acolliments), un resum de les notícies que van sortir arran de l'homicidi (la mare, el cas, el judici), les fotografies de la casa on vivia al costat de les vies del tren... Llegeixo, llegeixo, llegeixo, llegeixo...

Espero la Juno a la sortida de l'escola aparcat en doble fila. Per fi la veig. Cascos posats, mastegant xiclet, acompanyada de la Carlota i el Roc. Toco el clàxon perquè em vegi. Obre els ulls com uns fars. S'acomiada i ve cap a mi. Fa una bombolla de xiclet enorme.

—Ja no ets professor aquí. Què vols?

—Portar-te a fer un tomb.

—On? A un museu? No, gràcies.

—Puja i ho veuràs. Et juro que no et decebrà.

Abandono les rondes i surto de la ciutat en la direcció que em proposo. Ella em mira i somriu.

—Ei, Cesc, segur que no ets un caníbal? De debò? Va, digue'm la veritat. Segur que ara no m'esquarteraràs? Ni em menjaràs el cervell? Dec estar boja per pujar al cotxe amb un dement com tu. Un dement que va ensenyant el cul al director, per cert. Ja m'han dit que t'han fotut fora. Saps que hi ha una col·lecció de culs dibuixats als lavabos de l'escola?

La deixo parlar i la porto on vull. Lluny, ben lluny..., encara més lluny. Enfilo l'autopista. La meva obsessió per la Juno no té límits. «Límits».

Al cap d'uns vint minuts de trajecte aparco en un descampat ple de rostolls i llaunes de cervesa. Una mena d'abocador de deixalles, per cert. Però no es tracta d'un abocador qualsevol, no. Es tracta d'un descampat al costat de les vies del tren. Al fons, una casa en ruïnes. En veure la casa, a la Juno se li glaça la mirada. Comença a respirar fort. La coneix bé, la casa. La seva infantesa.

—Es pot saber per què m'has portat aquí?

—Te'n recordes, Juno?

—És clar que me'n recordo, imbècil. Vull marxar.

—Entrem.

—No. Què collons és això? Una teràpia de xoc o què?

Baixo del cotxe i li dic que enfrontar-se a les pors l'ajudarà. Necessita viure, reviure, parlar, qui sap si plorar. Es treu el xiclet de la boca i me l'enganxa al front en senyal de menyspreu. Ja hi torna. El posat de guerrera. Amazona en estat pur. El cos se li arqueja.

—Si et penses que això em trasbalsarà estàs molt equivocat —respon amb ironia.

—No et trasbalsa gens, és clar...

—No.

—Doncs llavors no tindràs cap problema per entrar-hi un momentet, oi?

Ens apropem a la casa que durant anys ha estat abandonada. Finestres trencades, teulada desigual, quatre torretes amb geranis pansits, una esquerda que divideix la façana en dues meitats. M'apropo i agafo una pedra que trobo pel camí. La tiro en direcció a una finestra. Crac. Els vidres peten. Em sento un «fora de la llei» i m'agrada. Agafo una branca d'arbre que trobo per terra i acabo de trencar els vidres.

—Saltem per aquí —li dic senyalant-li la finestra.

L'espai de dins és tot buit i ple de pols. No hi ha mobles, no hi ha televisor, no hi ha llits, ni cuina, ni cadires, res. La Juno mira al voltant i s'entreté a passar la mà per les volves i més volves de pols que transiten per l'aire. L'estança té un aire atrotinat, rònec, abandonat des de fa molts anys. No sé per què no l'han tirat a terra i n'han fet un solar. Sobre el terra polsegós, burilles de cigarrets i alguna ampolla amb restes d'alcohol. La vida de la Juno.

—Què? Ja has acabat l'experiment? Podem sortir?

—No.

Em porta fins a la cuina —la suposada cuina— i es queda mirant el marbre. El ressegueix amb la mà i alça el cap com captant una flaire imaginària. Voldria entrar dins del seu cap, ara. Saber què s'imagina. Omplir l'espai de contingut —d'objectes, d'olors, de mobiliari— que el meu cap és incapaç de concebre. Veig que obre un calaix que en el seu moment devia estar ple de culleres, forquilles, ganivets...

La segueixo cap a una altra estança.

Entra en una habitació amb una finestra que dona a les vies del tren.

—Aquí és on dormia jo —em diu assenyalant un espai—. Suposo que es van endur el llit.

La deixo parlar. Ara desfila cap a la finestra. L'obre. A l'exterior es veuen les vies del tren.

—Des d'aquí veia passar trens. A totes hores. El seu soroll m'acompanyava...

—Tens records feliços, d'aquesta casa?

—Molts. La mare venia i em cantava cançons. M'asseia a la falda. I m'explicava contes. Ah, i feia una crema de carbassa boníssima.

—La recordes?

—Sí, sembla que en senti l'olor, ara.

—Què més recordes?

—M'ajudava a fer els deures. I era...

De cop i volta, sota el radiador apareix un conill de peluix tot recobert de pols. L'agafa amb cura i se'l mira. Bufa per treure-li la pols i s'endevina un ull descosit. L'acarona amb tendresa i jo em pregunto si és l'objecte que ha aparegut sovint en alguns dels seus dibuixos. Extremitats i un conill, taques i un conill, cossos esquarterats i un conill...

—M'amagava amb el peluix quan ell venia.

—Qui?

—L'home.

—Et maltractava?

—...

—Ho feia, oi? T'aniria bé parlar-ne, Juno.

Aleshores estreny el conill entre les mans i fa un crit esfereïdor. Un crit de lloba. El crit de la Juno. Entre àcid, desesperat, iracund, rabiós. Ve cap a mi i comença a colpejar-me amb força el pit i la panxa. Necessita treure la ràbia, esmicolar-la, fer-la fora. Però no sap com.

—Explica'm tot el que vulguis, Juno. Si no ho fas, no et podrem ajudar.

—No, no, no.

Continua colpejant-me amb desesperació. No pot. No n'és capaç. Talment com si tingués la boca cosida. Aleshores li agafo la motxilla que sempre du penjada a l'esquena i en trec un esprai de color vermell. L'hi dono. Em mira amb ulls esbatanats.

—Dibuixa-ho, Juno. Si no pots explicar-m'ho amb paraules, dibuixa-ho.

Es fixa en les parets grises amb petites gotes d'alcohol. Un llenç enorme i infinit. Un full en blanc per dibuixar-hi la vida. La seva vida. En cada estança, en cada petita sala o habitació de la casa, la Juno hi manté un record que la lliga al passat. Al seu passat. Els records que porta tatuats a la pell i que la mantenen lligada a un personatge. Li dic que es deixi anar, que ho dibuixi, que s'expressi sense límits, que furgui en els records.

—Com ho aguantes, eh? Com pots no explicar a ningú tot el que va passar?

Deixant-se endur pel dolor, veig que comença a pintar totes les parets que troba. Guixa, esquitxa, pinta, omple, taca, desmunta, torna a pintar...

Passa per la sala, l'habitació gran, la cuina; finalment, l'habitació d'ella de quan era petita...

Acaba.

El dibuix és esfereïdor.

El contemplo.

Un home està a punt d'escanyar-la.

Tira a terra l'esprai i es posa a plorar sense aturador. M'hi apropo i l'abraço.

—Tot és culpa meva, Cesc. Tot és culpa meva —em diu.

Els seus ulls s'omplen d'aigua estancada.

Una llàgrima.

Dues.

Tres.

Un bassal d'aigua.

L'aferro ben fort als meus braços.

—Ningú et tornarà a fer mal, Juno.

# JUNO

Soc davant del mirall i la Paula em fa una cua alta al cap. Em recorda les tantes i tantes vegades que jugava a fer-me trenes amb gomes de colors. La majoria de les ocasions era quan fèiem festes i celebràvem el Nadal al centre. Volia que tots els nens i nenes anéssim ben guapos. «Vinga, que anirem a veure què us han portat els reis». I sempre, encara que fóssim nanos desemparats, abandonats, no volguts, rebutjats, els reis ens portaven alguna cosa. «T'agrada aquest trencaclosques, bonica?». O bé: «Has vist que t'han portat uns contes? I també unes aquarel·les per dibuixar?». Sí, la Paula sempre ha estat al meu costat, amb el seu perfum de llimona i un somriure càlid que no oblidaré mai. Però avui... avui és un dia diferent. Es revisa la sentència de la mare i me n'aniré d'aquí per sempre. Em miro les parets del centre, els nanos que van i venen, la cuinera Matilde amb el davantal, la Paula posant-me colònia..., i em pregunto si aquesta serà la darrera vegada que estaré amb tots ells. «Gràcies per haver-me cuidat durant tot aquest temps», li diré possiblement a la Paula. I també li donaré les gràcies al Cesc per haver cregut en mi i haver-me defensat davant de tots els comapnys de la classe.

Més tard, camino pel carrer amb la vista fixa a les rajoles. No paro de pensar-hi obsessivament. Avui sortirà la mare, la mare, la mare, la mare... Una caseta al mar, la motxilla preparada al centre, les expectatives ben altes. Ja m'imagino la conversa amb la mare: «És el moment de marxar, Juno, bonica. Per fi podrem estar juntes. Hem esperat molt, però ha valgut la pena...». I aleshores m'abraçaré a la Paula i li diré «gràcies per tot i per cuidar-me tan bé durant aquests anys». I diré adeu als meus companys, i a les equatorianes, i al personal del centre, i a la magnífica cuinera..., però al cap d'una estona ja seré amb la mare per començar una nova vida al marge del món. Ella i jo soles. I anirem a comprar roba, i sabons, i un banyador sensacional per anar a la platja i...

—Estàs tranquil·la? —m'interromp la Paula, que camina al meu costat.

—Psí...

—Escolta, passi el que passi avui, tu estigues tranquil·la. És important que reaccionis bé.

No escolto la darrera frase —que bé que s'hi està, saltant les onades amb la mare!— i, com sempre, vaig a la meva. Potser aquesta serà la darrera vegada que faré la ruta. Un metro. Deu parades. Una plaça. Sis carrers. El maleït trajecte que em porta fins a la presó. Una etapa que s'acaba, mare!

Espero asseguda a la cadira de sempre. La taula trontolla i col·loco el paperet doblegat sota una de les potes. Em fixo en l'esquerda en forma de drac. Diria que avui té una silueta estranya. La Paula m'espera fora, com sempre, i avui m'ha regalat unes paraules. «Quan surtis, anirem a prendre un cacaolat, d'acord, Juno? Un petó ben gros, bonica». Miro el rellotge de la paret —falten cinc minuts per a les sis de la tarda— i em sembla que el temps passa a poc a poc. Per un instant, m'imagino les agulles avançant en la direcció contrària. I jo fent-me petita lentament, molt lentament, fins a convertir-me en un fetus que viu a l'úter de la mare. Maleïdes idees estranyes, Juno. Prou. Concentra't. Ets aquí. Gairebé tens quinze anys. Falta poc —potser dies— perquè la mare surti definitivament de la presó. Així que la teva vida a partir d'ara serà una altra, una altra, una altra, una altra... Recol·loco el cul a la cadira, que avui sembla feta d'acer. La porta s'obre a poc a poc. Entra la mare. Em mira amb un posat somrient i tot seguit torna a tancar la porta. Em fa dos petons discrets i s'asseu davant meu com si fos una estàtua.

—Com estàs, cuca? Explica'm alguna cosa de l'escola, va...

El llavi inferior em tremola.

—Com va amb la teva amiga Carlota? I amb el professor Cesc? Encara et tracta tan bé?

Me la quedo mirant sense entendre res.

—Què collons et passa, mare? —la interrompo.

—Res.

—No m'has de dir res? No han dictat sentència?

—No, encara no. Es veu que ho volen allargar uns quants mesos més... Ja se sap com va, això. La justícia és lenta. Es veu que hi ha casos més importants que el meu.

—No pot ser.

—Però no et preocupis, filla. El més important és que tu estiguis bé. —Mou les ninetes a banda i banda, amb incomoditat—. Si tu estàs bé, jo ja em quedo tranquil·la.

Començo a sentir un fred que em gela els ossos. El fred de l'acer. La mare menteix. Ho sé. Ho percebo.

—No sortiràs, oi?

Acota el cap.

—És clar que sortiré. Algun dia...

Amb l'ungla del dit índex rasca insistentment la taula.

—Quina merda, mare. No sortiràs, oi? No sortiràs i et podriràs a la presó!

—Em sap molt greu —diu finalment.

M'imagino que l'esquerda es trenca. Agafa volum, el drac es desperta, trenca el guix de la paret i...

—Però per què? Què ha passat?

—Es veu que no volen reduir-me la pena —i diu amb paraules que pesen com pedres— per mal comportament.

—Llavors, no hi ha cap possibilitat? Cap ni una? Cap possibilitat que surtis d'aquí i que tornem a estar juntes?

—Ho sento molt, Juno.

Torno a fixar-me en l'esquerda i veig el drac traient el cap. Un cap immens. Roig. Treu foc pels forats. Em mira.

—No, mama, no... Jo vull el refotut piset a prop del mar. Que no te'n recordes, de la nostra promesa?

—Espera't uns anys. O no. No m'esperis. Tu sigues feliç.

—Com collons vols que m'esperi? Fins que tingui vuitanta anys? Quina merda de vida!

—Ho sento molt, filla.

—I tot per culpa de la teva actitud, oi? Vas haver de carregar-te un tio, ara et baralles amb les teves companyes... No pots parar de fotre't en merders?

—No em parlis així.

—Per què l'havies de matar, mama? M'has desgraciat la vida. M'has desgraciat tota la vida! Per culpa teva soc una infeliç!

—Em sap moltíssim greu, Juno.

—Tu tens la culpa de tot el que ha passat, mama. Tota. Tota la culpa! No et vull veure mai més! Mai!

M'alço d'un bot i clavo una puntada a la taula. Xerric esfereïdor. La mare s'alça i intenta calmar-me. Les seves paraules m'irriten cada cop més.

—No vull ni escoltar-te, mama!

De seguida ve una dona prima amb l'uniforme de seguretat i m'agafa del braç amb força. Em demana que em calmi, que respiri, em pregunta si la mare m'ha fet res. Em miro la mare, que es cobreix el rostre amb les mans i intenta amagar el plor. Recolza l'esquena a la paret i es deixa caure fins a agenollar-se. L'observo rabiosa sense poder controlar-me. Vergonya. Ràbia. Culpa. La dona fa passar la mare cap dins i li diu que «s'ha acabat la visita». Aleshores llanço un crit que ressona per tota la sala.

—No et suporto, mama! No et suporto, no et suporto, no et suporto, no et suporto, no et suporto, no et suporto, no et suporto!

Arribem al centre i la Paula em fa passar cap a l'habitació. Al passadís, parla amb la psicòloga i li diu no sé què que no encerto a sentir. M'és igual. La meva vida s'ha convertit en una tifa miserable. Em fa estirar al llit i es disposa a tancar la finestra. Sé el que pensa. La conec de sobres, la Paula. «És important que no faci una bogeria», deu pensar. «L'hem de protegir com sigui». Al cap d'uns segons, començo a esgarrapar-me els braços amb la intenció de devorar-me. La psicòloga entra corrents i em mig obliga a prendre'm una pastilla.

—Això et relaxarà una mica, Juno. Intenta estar tranquil·la.

La dona se'n va —millor; no suporto la seva ferum de colònia barata—, i em quedo amb la Paula, que m'agafa la mà.

—Si ho necessites, pots plorar una mica, Juno. T'anirà bé.

No puc. Només puc sentir ràbia, ràbia, ràbia, ràbia, i culpa, culpa, culpa, culpa, culpa, culpa, culpa, culpa, culpa, culpa, culpa, culpa, culpa, culpa, culpa, culpa... Escupo la pastilla —a la merda tot!— i m'alço del llit com si m'hi anés la vida. Vaig cap a la porta i travesso el passadís corrent amb totes les meves forces. Em dirigeixo a la porta, que obro amb un gest brusc.

Apa!

Surto al carrer i corro, corro, corro...

I travesso un parc.

I un semàfor en vermell.

I una plaça de ciment.

Corro amb totes les meves forces.

Darrere meu, la Paula em persegueix esperitada i em demana que m'aturi.

Però soc més veloç que ella i aconsegueixo esmunyir-me per un carreró estret que em conec de sobres.

Continuo corrent.

Qui sap on vaig.

Llanço el crit de la Juno.

Vaig fent esses pel carrer talment com si estigués borratxa. Per cert, ara que ho penso, una birreta no m'aniria gens malament. M'aturo en un bar i em demano un parell de cerveses. Les compro. N'obro una llauna i me'n bec una d'un sol glop. Maleïda vida. Maleïda mare. Sempre fotent-me la vida enlaire. «T'odio, mare. Amb totes les meves forces. Les teves maleïdes promeses no van mai enlloc. Per què collons t'havies de barallar amb les altres recluses, eh? O encara més: per què havies de ficar-te aquell tros d'energumen a casa? No podries fer com totes les altres mares? Ocupar-te de mi i ja està? Estimar-me una mica? Fer-me de mare? No, és clar, tu no. Tu sempre t'has d'anar ficant en merders. Doncs vols que et digui una cosa? Passo de tu, mare. Per mi pots podrir-te la resta de la teva vida a la presó».

Arribo fins a les Rambles i em barrejo amb gent que no conec. Glop de birra i avall. Sempre avall. Encara més avall. Compraré marihuana. Què puc fer ara? Anar-me'n de festa? No és mala idea. Aquesta nit ho petaré tot. I si m'esperen al centre, que es fotin. De fet, d'aquí a poc temps hauré de marxar igualment i acabaré els meus dies sota un pont. Jo ho veig a venir, ja. «Ho sento, Juno, tens divuit anys. No et pots quedar més temps al centre. Ha sigut bonic mentre ha durat. Que vagi bé. Que vagi bé el gran futur de *homeless* delinqüent que t'espera». Parlant de delinqüents, em fixo en una botiga de *xinos* que hi ha a la cantonada. Potser acabaré esquarterada al congelador —no paren de sortir casos d'aquests a les notícies—, però decideixo entrar i donar-hi un cop d'ull. Aquí hi ha de tot. Des d'espelmes per a la llar fins a marcs per a fotografies, passant per paraigües, llibretes, flors de plàstic —quin fàstic, les flors de plàstic—, tisores, ganivets, forquilles o navalles per anar de campament. Atenció: veig una navalla que m'agrada. L'observo amb deteniment. Ganivetada i fora. Ja n'estic farta. Si desaparegués del mapa no li importaria a ningú. Però no, no, no... Ja en tinc prou de ser una pusil·lànime i anar de víctima per la vida. No soc una mala persona, jo? No soc dolenta, jo? No soc una adolescent conflictiva, jo? Doncs vull la navalla.

—Quant val? —li pregunto a la dependenta.

—Nou euros amb cinquanta —em contesta, mirant-me de refiló.

—La vull, gràcies.

Comença a fer fred. Ventada. Camino sense saber on anar fins que a mig camí veig una moto aparcada. No tinc límits. Puc fer el que vull. I si surto a fer un tomb amb la moto? Miro al meu voltant vigilant que ningú em vegi i interpreto a la perfecció el meu paper de delinqüent. Estic rabiosa, vull matar, em vull estimbar, vull que em detinguin, que em peguin, que m'aturin, no sé què vull...

Agafo la moto —tan senzill com treure la navalla i exigir les claus al seu propietari— i em disposo a fer una volteta. Ha sigut genial. Navalla apuntant-lo al coll i fora. Por. Sí, ja veig a venir quina serà la meva nova vida, ja... Derrapo enmig del carrer i deixo una marca en forma de «J». Impressionant. La darrera imatge que veig és la d'un paio escridassant-me i trucant a la policia... M'entusiasma!

Avanço a tota velocitat com si anés completament drogada. Tercera marxa, quarta, cinquena, uaaaauuuu! Em salto els maleïts semàfors i esquivo cotxes com si estigués disputant un ral·li. La sensació de velocitat —aire a la cara, ràfegues de vent— no té aturador. Em salto semàfors i esquivo vianants i cotxes. Zas, a la dreta. Zas, a l'esquerra. La sensació de llibertat apaivaga el dolor d'aquests darrers mesos. La presó, la soledat, els malsons, el drac, la mare. «No sé per què sempre m'has volgut mentir, mare. Sabies que no sortiries. En què collons més m'has mentit, mare? En què, en què, en què?». No sé on vaig ni on vull anar. O potser sí. Simplement fujo. Potser simplement vull anar-me'n.

Deixo la moto a qualsevol lloc i em dirigeixo a les vies del tren. Pam. M'agrada el risc. I encara m'agrada més pensar que, per més que em busquin, no em trobaran mai, mai, mai... perquè potser quan ho facin ja seré morta. Salto d'una banda a l'altra desafiant el moment en què arribarà el tren. Ho faig des de sempre, de sempre... El xiulet del tren impactant contra les meves orelles. La sensació de perill imminent que és cada vegada més a prop... Recordo quan vivia amb la mare i de lluny sentíem la remor del tren i ens imaginàvem els passatgers i quines serien les seves vides. Aleshores érem felices, la mare i jo. Ho érem. Però més tard o més d'hora va arribar ell, ell, ell, i s'ho va carregar tot d'un dia a l'altre. Sento el xiulet penetrant del tren i penso que m'engolirà. Els fars m'encegueen. Em cremen els ulls. Aleshores em ve al cap una premissa. Què passaria si...? El tren s'apropa i per un moment temptejo la possibilitat d'acabar per sempre amb la meva vida. Fora el patiment, fora la mare, fora presons. Veig els fars projectant-se i empenyent-me amb força i a continuació un xiulet que em penetra les orelles. Cada cop el tinc més a prop, més a prop, encara més a prop, gairebé encegant-me... I què, si em mata i m'engoleix per sempre? Potser serà millor! Decideixo saltar i sento que el tren m'acarona, i m'esgarrapa, i m'estira els cabells, i m'allisa l'esquena, i m'estampa, i em pessiga, i m'engoleix..., però en el darrer moment, pam, salto!, i aconsegueixo esquivar-lo. Caic a l'esplanada, a prop de les vies, i començo a petar-me de riure. Uf, he begut! Definitivament he begut més del compte. Em sembla que ja és hora de tornar a casa.

El cel comença a clarejar. De fons, el parrupeig d'algun colom en una plaça llunyana. I jo que avanço i avanço i avanço... en direcció a casa meva.

«Casa».

De fons, sota un retall de cel blau albiro l'edifici que fa anys que m'ha acollit. Llums encesos. Sé que a dins hi deu haver rebombori i que possiblement m'estan buscant. Em pregunto si deuen haver avisat la policia o si com altres vegades preferiran esperar. Estic convençuda que saben perfectament que tornaré. Tampoc no tinc on deixar-me caure morta, ara. Però «ara no hi pensis, Juno. Ves al centre i posa't a clapar. Demà serà un altre dia. I ja decidiràs si fuges, o et tires d'un pont, o decideixes que mai més no tornaràs a veure la mare».

De sobte, un soroll.

Sec.

Un altre cop, la sensació que em segueixen.

Em giro i clavo una llambregada al meu voltant, però només veig el carrer solitari. Dec veure visions, penso. L'home que em va voler fer mal ja és mort i enterrat. Ben enterrat. Així que no sé per què carai me l'imagino.

Al fons del paisatge veig un element estrany.

És ell...

L'home que va amenaçar i maltractar la mare durant tant de temps.

La silueta es va dibuixant a poc a poc com si es tractés d'un record que es va fent nítid.

S'apropa més.

Encara més.

L'home.

Transformat ara en la figura del Claudi.

Em palpo el ganivet real i penso que ja sé per què ha vingut. Fa temps que em busca, fa temps que el destorbo, fa temps que planeja meticulosament una venjança. Disposat a fer-me mal —com ell, com l'home que va maltractar la mare—, avança cap a mi amb un somriure cínic als llavis. M'alço de terra i m'hi encaro. «Ets una guerrera, Juno», em dic a mi mateixa. I encara afegeixo: «No deixis que els gossos t'olorin la por, filla. No deixis que et detectin les febleses».

Intento córrer en direcció al centre quan s'abraona damunt meu i m'arrossega fins a un carreró estret per on no passa ni una ànima. Intento cridar, però em tapa la boca. Pudor de pixums. No em deixa respirar. M'ofego. Se situa davant meu com un depredador encerclant la seva presa.

—T'estava esperant —em diu amb la veu ferma.

—Deixa'm en pau! —li contesto, traient-me com puc la mà de sobre.

—Ara que t'he trobat, no et penso deixar marxar. Primer m'hauràs d'escoltar. Tot i que em sembla que tu no escoltes gaire...

Faig l'esforç d'alliberar-me del seu cos, però no me'n surto. És més fort que jo. I a sobre m'ha agafat desprevinguda.

—Deixa'm en pau o avisaré la policia.

—Ha! La policia, tu? I et creuran? Creuran a una delinqüent que no sap ni on caure morta? Per cert, ja m'han dit que la teva mare es podrirà la resta de la vida a la presó.

—Fill de la gran puta!

Li llanço una escopinada a la cara i em mira amb ulls que treuen foc. Una vena se li marca al coll. Una de sola. Roja.

—Però tu qui et penses que ets per tractar-me així, eh?

Avança un pas més escurçant les distàncies. Detecto el seu alè fastigós de carn putrefacta. Fàstic. Però aguanto. «Aguanta, Juno, aguanta».

—Des que has arribat no has parat de causar-me problemes. Així que t'ho diré per última vegada. Fot el camp de l'escola. O prefereixes que t'ho expliqui a hòsties?

S'abraona damunt meu i em clava una forta empenta. Estic a punt de caure enrere, però aconsegueixo mantenir-me dreta. M'hi torno a encarar. Aleshores em fita —ets una infectada, Juno!—, i aquesta vegada em clava una altra empenta molt més forta, que em fa caure a terra. M'embruto els genolls de pols i baves. Els ulls se'm comencen a negar i penso que fa massa temps que estic perdent la batalla. El cabró m'ha portat aquí perquè vol matar-me. I després dirà que ha sigut un accident, com va fer amb el Roc a la seva festa. I com que jo ja no hi seré, hi haurà el seu seguici per encobrir-lo. I el director dirà: «Ha estat un accident i prou. És que la Juno no parava de ficar-se en problemes. Era un cas perdut, pobra noia».

Em fa alçar estirant-me per la barbeta i m'agafa el braç dret amb força. Comença a retorçar-me'l amb la intenció de rebentar-me els ossos. Sento un dolor infinit que em fa xisclar de mal i ràbia. Aleshores em ve al cap. Un moment. Un flaix. La mare i jo érem a casa. Fa anys. La casa de les vies del tren. La casa de la meva infantesa.

La cuina feia olor de crema de carbassa «perquè avui menjarem cremeta de carbassa, Juno», i la mare m'explicava contes a la sala. Aquests moments compartits eren els que més m'agradaven. La mare i jo. Soles. I m'explicava contes, i parlàvem de l'escola, i m'ajudava a fer els deures, i em cantava cançons que per sempre més recordaré: «Anirem a París, a cavall d'un mosquit, i els francesos diran, quin cavall més bonic...». De cop es va obrir la porta amb un soroll estrepitós. Hi va entrar ell —ulls encesos, cap quadriculat, cos hieràtic— avançant i fent tentines. Sempre venia begut i amb alguna ampolla de vi a la mà. En veure'l, el rostre de la mare es va transformar en una taca blanca. A ell li va caure l'ampolla, que va venir rodolant fins als meus peus com si fos una croqueta. Una taca de roig va escampar-se per la catifa. «Et pensaves que no us trobaria, Marga?». Vaig sentir por. No era la primera vegada que es produïa una escena com aquella. La mare va deixar de somriure i es va posar en estat d'alerta. Mirant-me, amb la mirada de prat verd que no oblidaré mai, em va demanar que em tanqués a l'habitació i «Sobretot, no en surtis fins que jo t'ho digui, entesos?». De fons se sentia el so del tren. Primer una remor llunyana, com de sirena de conte. Després un crit agut que cada cop es feia més audible. Finalment, el so abrupte de les rodes acompanyat d'un xiulet agut que em devorava a esgarrapades. Aleshores vaig córrer a l'habitació tal com em deia la mare i em vaig amagar sota el llit. Ben aferrada al conill. El meu peluix. A qui havia convertit en un amic imaginari. Però allà, sota el llit, a través de l'escletxa de la porta, resulta que ho podia veure tot. I ho vaig veure. Tot.

L'home li va clavar una plantofada a la cara, pam!, i la va tirar a terra. Aleshores la va agafar pels cabells i li va començar a bufetejar el cos i a clavar-li puntades de peu. I la mare plorava, i plorava, i plorava, i jo em tapava els ulls i les orelles per no haver de veure-ho tot. Però ho veia.

I ho veig ara. El Claudi.

—Et mereixes un bon gec d'hòsties! A veure si entens d'una vegada el missatge —em diu ara ell.

M'empeny una altra vegada i em clavo un cop de cap a la paret. Sang. Em surt sang. Cou.

De fons se sentien crits de la mare mentre jo tremolava de por sota el llit. Aleshores, quan ell en va tenir prou, es va girar en sec i va clavar una llambregada a la sala. Semblava un animal en busca de la seva presa. La presa aquest cop era jo. Va preguntar: «On és el coi de nena que sempre es fica pel mig, eh?». I la mare li va respondre: «No, no, no, a ella no la toquis, sisplau, no li facis mal, t'ho suplico!», però l'home va començar a buscar-me. Per primer cop. Em buscava a mi. Amb la mare estesa a terra —pòmul inflat, sang rajant del llavi—, l'home va entrar a l'habitació a buscar-me. Jo, sota el llit, tremolava com un pollet i em mossegava les ungles i els tendrums i tot el que trobava. Però aleshores em va veure —una esgarrifança!— i va començar a estirar-me dels cabells, i després de les mans, i va començar a bufetejar-me la cara. I la mare cridava: «No li facis mal, sisplau, sisplau. A ella no! Mata'm a mi, si vols, però a ella no li facis mal!».

Però l'home no tenia aturador. Perquè ara ho entenc. L'home no només pegaria la mare, sinó que a partir d'aquell moment també em pegaria a mi. Molt. Sense límits. I aquesta, a partir d'aleshores, seria la nostra miserable vida. Llavors l'home es va abraonar sobre meu i em va començar a repartir cops de peu per tota la panxa. I jo xisclava, i em contreia, i m'enduia les mans al cap, i tornava a xisclar, i intentava aferrar-me al peluix que havia anat a parar a terra. Però encara en volia més i llavors em va agafar pel coll amb la intenció d'escanyar-me. Em va tirar a terra, em va prémer el coll ben fort, jo no podia respirar, no podia respirar, no podia respirar, sentia que em moria...

Aleshores vaig veure la mare que tornava de la cuina amb un ganivet de tallar carbassa, i es va abraonar damunt seu com si fos una lleona. «A ella no deixaré que li facis mal, malparit. No deixaré que la toquis».

A partir d'aquí tot va anar molt ràpid:

Una ganivetada a l'esquena, dues, tres, quatre...

Recordo el terra esquitxat de sang. L'home agonitzant. Jo em vaig apartar i em vaig quedar tremolant en un racó de la sala. I vaig intentar tapar-me els ulls, i les orelles, i no parlar-ne, però la imatge de l'home morint dessagnat se'm va instal·lar al fons de l'ànima.

—Ei, cabrona, aixeca't i baralla't amb mi si tens pebrots! —em crida ara el Claudi.

M'alço del terra com puc —em cou el cap, la ferida sagna— i m'hi encaro amb més força que mai. La força que no vaig tenir llavors —«Ho sento, mare, el vas haver de matar per mi!»— intento treure-la com puc. I m'hi encaro, i trec foc pels queixals, i me'l miro amb ulls de lleona perquè no accepto que mai, mai, mai ningú torni a maltractar-me. Amb un gest ràpid, m'alço d'una revolada i em trec la navalla que duc a la butxaca dels pantalons. Zas. La navalla que va agafar la mare i que possiblement hauria hagut d'agafar jo. Perquè era a mi a qui volia matar... «I tu ho vas fer per mi, mare, ho sento. Tot va ser culpa meva». Trec les forces d'on puc i l'apunto directament al cor. El Claudi em mira esfereït.

—Ei, però què fots, tia!

M'abraono damunt seu i l'estampo contra el terra. El subjecto pel pit i li escupo a la cara.

—Ei, que era una discussió i prou —em diu—. Que t'has tornat boja o què?

Subjecto amb força el ganivet i ara soc jo qui l'impulso contra el terra. Em recordo paralitzada i asseguda en un racó a casa, tremolant... i l'home estès a terra enmig d'un bassal de sang. Encara respirava... Tot va ser culpa meva, mare. A partir d'aquí recordo alguns flaixos esbiaixats. La mare trucant, i al cap d'una estona tot de personal mèdic arribant i enduent-se l'home en ambulància, i la mare abraçant-me i plorant, i jo que no plorava i la mare que em deia: «Tu no ploris, petita. Les nenes no ploren. Ja ha passat tot. Oblida-ho. Tu no en tens cap culpa». I després un home que em va agafar la mà com si fos un tronc d'arbre mort i em va preguntar si havia vist res. I jo sense poder reaccionar, ni vessar cap llàgrima, ni comentar res del que havia passat. I després la mare ingressant a la presó i jo entrant d'un dia per l'altre al centre d'acollida. I arrapant-me a les cames de l'educadora Paula, de qui després no me'n desprendria mai més. I la flaire de llimona de la Paula. I els meus dibuixos que eren negres, i vermells, i tenebrosos, i encara més vermells... I jo sense plorar, ni parlar-ne, ni fer cap comentari... «Potser no recorda res?», es preguntaven tot sovint. I jo me'n recordava, és clar. Me'n recordava i no me'n volia recordar. I intentava ferme la forta, però tornaven els dibuixos, els malsons, les taques vermelles, l'angoixa... «Deixa que t'abraci, Juno», em deia sovint la Paula. Però jo no deia res, res, res, res..., perquè en el fons em sentia culpable.

Apunto el Claudi amb la navalla i penso que ha arribat el moment de venjar-me. L'hi apropo al coll i en sento bullir la sang. Tot ell tremola. Té el rostre esblaimat i un fil de bava li cau de la comissura del llavi. Ara puc fer-ho.

Ara puc matar-lo. I em convertiré en una delinqüent, sí. El que en el fons he sigut tota la vida. Una criminal en potència. L'apunto al coll quan veig que el Claudi em mira traient baves.

—No, Juno! No ho facis —sento de fons una veu.

Em giro un instant i veig el Cesc que ve corrent des de l'altra punta del carrer. Ulls embogits. Rostre encès. S'apropa amb molta cautela.

—No ho facis, Juno, sisplau. Hi ha altres maneres de resoldre-ho. El denunciarem.

La mà em tremola, la navalla em tremola, la veu em tremola.

—Tu ets una bona persona, Juno, sisplau. Atura't, sisplau!

—No! No soc una bona persona. Tu no em coneixes!

Penso en la mare tancada a la presó i amb una vida completament mancada. Puc ser com ella. Una delinqüent. Això és el que soc. Un cas perdut. El que en el fons he sigut sempre.

—T'equivoques, Juno. Tu ets una bona persona. I no tens la culpa de res, entesos?

Ganivet al coll del Claudi.

—Sisplau, no ho espatllis. No vulguis acabar com la teva mare! Et mereixes una vida millor!

Les paraules del Cesc em descol·loquen. «Tu ets una bona persona». No ho soc, no ho soc, no ho soc. Soc culpable. La culpable de tot. Per culpa meva la mare és a la presó. Culpa, culpa, culpa, culpa... Aleshores agafo la navalla i l'apropo al rostre del Claudi. Tot ell tremola. I altre cop el Cesc:

—No, Juno!

Em mira amb ulls de súplica i m'allarga un braç demanant-me que m'aturi. Aleshores em miro el Claudi, i a l'altra banda el Cesc, dos camins, dos futurs possibles, i veig el ganivet que em tremola, i el rostre del Claudi espantat, i per més que voldria matar-lo penso que no puc, no puc, no puc... En el fons, soc incapaç de ferir-lo. Aleshores, enretiro la navalla en senyal de pau, i en un instant curt —curtíssim, imprevisible—, el Claudi em clava un cop de peu a l'estómac i em fa caure la navalla a terra.

Es mou ràpid i recull la navalla.

La té.

L'agafa.

Ve cap a mi esfereït.

—Nooo! —crida el Cesc.

Em clava el ganivet a la panxa —zas, un tall!—, i em plego a terra sentint que em trenco en mil bocins.

Retall de cel blau.

Gent que em ve a socórrer.

Endevino el rostre del Cesc difuminat, el de la Paula esgarrifada, el del personal del centre que va arribant a poc a poc...

A dins, sento un forat fondo que em parteix el cos en dues meitats. Com dues Junos.

Ofego un crit.

Sento que no em queden forces.

Minuts més tard em pugen a una ambulància amb el Cesc en tot moment al meu costat. Intento girar el cap i, més enllà del Cesc, veig que la ciutat es desperta. Sirena d'ambulància. Dolor al cos. El Cesc em mira i m'agafa la mà amb tendresa.

—Parla, Juno, parla. Encara que sigui per dir qualsevol cosa. Sobretot no deixis de parlar.

Per un moment sento que m'estic morint. Que abandono. El Claudi m'ha destrossat i possiblement ha guanyat la partida. Em pregunto on és la mare i em penedeixo de les nostres últimes paraules. Aleshores em dirigeixo al Cesc amb un fil de veu gairebé imperceptible.

—Vull la meva mare...

—Ja ho sé, bonica, ja ho sé. Aguanta una mica. A poc a poc et recuperaràs. Arribarem a l'hospital de seguida.

Tota la vida trobant a faltar la persona més important del món per a una criatura. La mare. Una mare. Una mare com la de qualsevol nen. Que t'estimi, i t'acaroni, que et desperti dia sí i dia també. Ningú es pot arribar a imaginar el que suposa viure lluny d'una mare. Trobar-la a faltar els estius, les festes d'aniversari, els Nadals, els dies qualssevol, quan et sents trista, quan estàs alegre, quan no tens ningú amb qui poder plorar... Una mare. Llavors el Cesc se m'apropa i em diu unes paraules a cau d'orella que no acabo de comprendre.

—Ja arribem, Juno, ja arribem. I després vindràs amb mi, em sents? Jo cuidaré de tu. No et deixaré mai sola.

Aleshores sento una força que em neix a les entranyes i que a poc a poc m'impregna tot el cos. «Jo cuidaré de tu. Estaré amb tu. No et deixaré mai sola». Sento que vull viure, renéixer, tirar endavant, no defallir... I sento que ho vull fer pel Cesc, per la Paula, pel Roc, per la Carlota, per la mare, sobretot per la mare. Aleshores em venen al cap les paraules que em deia la mare un dia que érem a la platja i saltàvem onades. «Recorda que ets la deessa de la primavera, Juno. La reina de les flors, de la terra, de la vida, de tots els éssers que reneixen i es converteixen en purs. Juno, el nom més bonic del món. La reina de la primavera. Ets el meu amor, filla».